一擲賭
일척도 건곤 乾
坤

임영기 新무협 판타지 소설

FANTASTIC ORIENTAL HEROES

일척도건곤 3
임영기 新무협 판타지 소설

초판 1쇄 찍은 날 § 2008년 1월 21일
초판 1쇄 펴낸 날 § 2008년 1월 31일

지은이 § 임영기
펴낸이 § 서경석

편집장 § 문혜영
편집 § 최하나 · 이환진

펴낸곳 § 도서출판 청어람
등록번호 § 제1081-1-89호
등록일자 § 1999. 5. 31
어람번호 § 제2-1405호

주소 § 경기도 부천시 원미구 심곡1동 350-1 남성B/D 3F (우) 420-011
전화 § 032-656-4452 팩스 § 032-656-4453
http://www.chungeoram.com
E-mail § eoram99@chollian.net

ⓒ 임영기, 2007

ISBN 978-89-251-1145-2 04810
ISBN 978-89-251-1065-3 (세트)

※ 파본은 구입하신 서점에서 교환하여 드립니다.
※ 저자와 협의하여 인지를 붙이지 않습니다.
※ 이 책은 도서출판 청어람과 저작자의 계약에 의해 출판된 것이므로,
    무단 전재 및 유포 · 공유를 금합니다.

一擲賭乾坤
일척도건곤

임영기 新무협 판타지 소설
FANTASTIC ORIENTAL HEROES

3

[옥선후(玉仙后)]

청림
도서출판

目次

第二十三章	뇌중애(雷中愛)	7
第二十四章	습격자(襲擊者)	39
第二十五章	우정(友情)	77
第二十六章	옥선후(玉仙后)	97
第二十七章	청부자(請負者)	123
第二十八章	내가 사랑하는 사람은 호리야	143
第二十九章	칠룡검(七龍劍)	189
第三十章	불귀환(不歸還)	213
第三十一章	비전검법(飛電劍法)	237
第三十二章	도주	261
第三十三章	봉황의(鳳凰衣)	287

一擲賭乾坤

낭원 안 추혼각(追魂閣).

이소성주 혁련무성의 거처이자 집무실이다.

"놈의 이름은 고영. 용모와 특징은 여기에 적힌 대로다."

서궤(書机) 앞에 단정한 자세로 앉은 혁련무성은 한 장의 종이를 전면을 향해 손가락으로 가볍게 툭 튕겨주며 나직이 중얼거렸다.

서궤 맞은 편에 공손히 서 있던 인물이 슬쩍 손을 내밀어 종이를 잡고 조심스럽게 들여다보았다.

"그 영감 이후에 연지를 찾는 다른 놈은 없었느냐?"

혁련무성의 목소리는 연지를 대할 때와는 사뭇 달랐다. 냉랭하면서도 한기가 감돌았다.

"없었습니다."

사십오륙 세의 나이에 중후한 외모와 당당한 체구를 지녔으며, 왼쪽 허리에 한 자루 고색창연한 금검(金劍)을 차고 있는 인물은 꼿꼿하게 서 있다가 공손히 허리를 굽혔다.

그는 매우 고급스러운 비단황의를 입었는데, 옷 색깔보다 더 짙은 금실로 수놓은 황룡(黃龍) 한 마리가 그의 몸을 휘감고 있었다.

"그 고영이라는 놈은 이미 낙양성 내에 들어왔거나 오고 있는 중일 것이다."

"하명하십시오."

황의인은 혁련무성의 심복이자 낭원의 호위대장이다. 무황성에서의 정식 지위는 무황오룡위(武皇五龍衛) 중 사위인 황룡위(黃龍衛)이다.

무황오룡위는 무황성주와 그의 가족들 개개인을 최측근에서 호위하는 인물들이다.

혁련무성은 눈살을 약간 찌푸린 채 손가락으로 서궤 위를 가볍게 두드리며 조용히 명령했다.

"죽여라."

무황오룡위는 공손히 허리를 굽히고 방을 나갔다.

혁련무성은 서궤 앞에 앉아 오랫동안 꼼짝도 하지 않으며 정면만 뚫어지게 주시했다.

그의 시선이 끝나는 곳 허공에는 연지의 모습이 있었다.

연지는 아름다웠다. 그렇지만 천하절색이라고까지 말하는 데에는 다소 무리가 있다.

그녀에게는 뭐라고 설명하기 어려운 무엇인가가 있었다.

그렇다고 그녀에게 고귀한 신분의 여자에게서 풍겨지는 고매한 품격이나 우아함 같은 것이 있는 것도 아니었다.

도대체 그것이 무엇인지, 왜 연지가 자신을 매료시키고 이처럼 안달하게 만드는 것인지 혁련무성 자신도 모르고 있으니 답답한 노릇이었다.

그때 문득 허공에 그려져 있던 연지의 모습이 사라지는가 싶더니 언젠가 단 한 번 본 적이 있었던 한 사람의 모습으로 바뀌었다.

봉황옥선후(鳳凰玉仙后) 사도빙(司徒氷).

무림오황 중 하나인 봉황궁의 궁주.

그녀를 달리 구주일미(九州一美)라고 칭송하는 이유는, 당금 천하에서 아름다움으로는 그 누구도 그녀와 비교조차 할 수 없기 때문이라고 한다.

하지만 그녀는 구주일미라는 호칭보다는, 봉황옥선후를 줄인 '옥선후' 라는 별호로 더 유명하다.

차가움과 냉혹, 잔인함을 축약해 놓은 별호 옥선후.

일 년 전, 혁련무성은 우연한 기회에 자신의 형이자 무황성의 후계자인 혁련천풍(赫連天風)을 따라서 봉황궁에 옥선후를 만나러 갔던 적이 있었다.

혁련천풍은 옥선후를 마음속으로 깊이 연모하고 있어서 어떻게든 그녀의 마음을 얻으려고 수천 리 길을 멀다하지 않고 자주 봉황궁에 찾아가는 편이었다.

그러나 혁련무성은 대체 옥선후가 얼마나 아름답기에 구주일미라고 불리는지 한 번쯤 자신의 눈으로 확인하겠다는, 순전히 호기심 때문에 형을 따라나섰었다.

결론적으로, 그날 혁련무성은 옥선후를 보는 순간 엄청난 충격에 휩싸이고 말았었다.

그토록 아름다운, 아니, 차라리 우물(尤物)이라고 표현해야 마땅한 그런 미인을 그는 그날까지 살아오면서 한 번도 본 적이 없었다.

자신이 장차 삼생(三生)을 살게 되더라도 옥선후 같은 미인은 만나보지 못할 것 같았다.

그리고는 무황성에 돌아온 혁련무성은 덜컥 화풍병(花風病:상사병)에 걸리고 말았다.

무엇을 해도 옥선후의 아름다우면서 차디찬 자태가 당최 눈앞에서 사라지지 않았다.

그것은 가히 열병과도 같았다. 친형 혁련천풍이 연모하고 있는 여자를 혁련무성은 가슴에, 아니, 심장과 머릿속에 깊이 틀어박고는 식음을 전폐한 채 잠도 이루지 못하면서 괴로워했었다.

혁련무성은 그 지독한 화풍병에서 헤어 나오기 위해 처절하게 몸부림쳤다.

옥선후는 형이 연모하는 여자다. 그뿐이 아니라 무황성, 봉황궁과 같은 오황의 반열에 있는 선황파(禪皇派)의 후계자 백검룡(白劍龍)도, 마황부(魔皇府)의 젊은 부주(府主)인 마랑군(魔郎君)도 옥선후를 자신의 아내로 맞이하겠다고 천하에 선언을 한 바 있었다.

옥선후를 얻으려면 친형을 비롯하여 당금 무림에서 열 손가락 안에 꼽히는 두 명을 상대해서 이기고 올라서야만 할 것이다.

아니, 이긴다고 해서 끝날 일이 아니다. 더 중요한 것은 옥선후의 마음을 얻어야 한다는 사실이다.

기적이 일어나서 그들 셋을 물리친다고 해도, 과연 천하의 옥선후가 호락호락 혁련무성의 여자가 되어주겠는가 하는 것은 더 큰 문제였다.

현실은 너무도 냉엄했다. 혁련무성은 아무것도 내세울 것이 없는 위인이었다.

무황성 이소성주라는 신분은 친형과 백검룡, 마랑군 앞에서는 명패조차 내놓지 못할 정도로 초라한 것이었다.

게다가 그들은 천하가 알아주는 영웅호걸인데 반해서, 혁련무성은 천하가 알아주는 파락호에 호색한이 아닌가.

극과 극인 것이다.

그런 꼴에 옥선후를 가슴에 품고 싶어 안달복달하다니, 언감생심 세상의 개가 다 웃을 일이었다.

절대 넘보지 마라. 아예 꿈조차 꾸지 마라. 혁련무성은 그렇게 수없이 자신을 타이르면서 마음을 다잡는 데 서너 달이 족히 걸렸었다.

그것이 일 년 전의 일이었다.

그는 옥선후를 잊기 위해서 발광을 하듯 더욱 방탕에 빠져들어야만 했었다.

그러나 아무리 발버둥을 쳐도 옥선후를 깨끗이 잊을 수는 없었다. 발버둥을 치면 칠수록 더욱 깊이 늪에 빠져 들었다. 옥선후의 자태를 그저 한 번 보기만 한 것일 뿐인데도, 그것은 마치 심장과 뇌에 불로 지진 깊은 화인(火印)과 같아서 끝끝내 지워지지 않고 뜬금없이 불쑥불쑥 심장과 뇌를 옭죄면서 그를 괴롭혔다.

그런데 그 처절했던 화풍병의 끝물에 우연찮게도 연지를 발견한 것이었다.

일 년 전에 옥선후를 봤을 때만큼은 아니지만, 혁련무성은 연지를 보는 순간 그 당시와 비슷한 충격을 받았었다.

옥선후와 연지는 용모와 분위기가 판이하게 다른 모습이다.

옥선후가 강[强]함이라면, 연지는 부드러움[柔]이었다.

그런데도 두 여자는 무언가 알 수 없는 공통점이 있었다.

그것이 무엇인지 알았다면, 어쩌면 혁련무성은 연지를 납치하고 이렇게 감금까지 하는 극단의 방법을 사용하지 않았을지도 모르는 일이다.

"하찮은 시골 계집 따위가……."

혁련무성은 입으로는 연지를 씹어뱉으면서, 머릿속으로는 옥선후의 자태를 떠올리고 있었다.

* * *

번쩍!

꽈르릉! 꽈꽈꽝!

소나기가 퍼붓는 가운데 새파란 섬전이 암천을 가르는가 싶더니, 그와 동시에 천지를 갈가리 찢어발기는 듯한 뇌성벽력이 터졌다.

그러나 호리는 번개가 치든, 뇌성이 울부짖든 개의치 않고 침상 위에 꼿꼿한 자세로 가부좌를 틀고 앉아서 운공조식에 여념이 없었다.

호선이 오랫동안 막혀 있던 호리의 석문혈과 임독양맥을 소통시켜 주어 졸지에 이 갑자의 내공을 안겨준 것이 벌써 열흘 전의 일이었다.

호리는 지난 열흘을 도대체 어떻게 보냈는지 제대로 기억조차 나지 않았다.

내공 이 갑자가 생겼다는 사실이 하루아침에 그를 완전히 다른 사람으로 변모시켜 버렸다.

지난 열흘 동안 그는 잠시도 쉬지 않았다. 아니, 아예 거의 잠조차 자지 않았다.

하루 종일 미친 사람처럼 무공만 연마했다. 공력이 없었을 때에는 그저 무술 수련이지만, 공력이 생긴 이후부터는 무공 연마인 것이다.

그는 호선에게 배운 봉황무에 봉황등천권(鳳凰騰天拳)이라는 이름을 붙였다.

그가 하루 종일 하는 일은 봉황등천권과 백조비무격을 번갈아 가면서 연마하다가 좀 지쳤다 싶으면 운공조식을 하고, 공력이 회복되면 또다시 봉황등천권과 백조비무격을 연마하는 다람쥐 쳇바퀴 도는 생활이 전부였다.

공력이 난데없이 이 갑자나 생기다니, 열흘이 지났지만 호리는 아직도 그 사실이 잘 믿어지지 않았다.

아마 몇 달이 지난다고 해도 이런 기분은 쉬이 사라지지 않을 듯했다.

그렇지만 운공을 해보고, 봉황등천권이나 백조비무격을 연마해 보면 자신이 공력을 지녔다는 사실을 생생하게 실감할 수가 있었다.

아니, 실감 정도가 아니었다. 자신도 모르게 예전처럼 팔다리에 불끈불끈 힘을 주입시켜 권각술을 연마하다가 주먹과 발끝에서 난데없이 공력이 뿜어지는 바람에 수련실 벽을 부순 적이 셀 수도 없을 정도로 많았다.

다행히 호리궁의 외벽과 내벽 사이의 중간 벽이 두꺼운 철판으로 덮여 있어서 뚫어지는 것은 모면했지만, 나무로 된 내벽은 박살날 때마다 나무를 덧댔기 때문에 수련실이 아예 누더기가 돼버렸다.

수련실 벽을 땜질하다가 지친 은초와 철웅이 제발 조심하라고 애원을 하는 데에도 호리의 오랜 습관은 쉬이 고쳐지지 않았다.

그래서 제 딴에는 사방이 탁 트인 후갑판에서 연마하려고 올라갔다가 하마터면 돛대와 선실을 박살 낼 뻔하고는 머쓱해서 다시 수련실로 내려올 수밖에 없었다.

방법은 하나뿐이었다. 수련할 때에는 극도로 조심하여 공력이 발출되지 않도록 조심하는 수밖에 없었다.

호리는 다시 한 차례의 운공조식을 끝냈다. 잠을 자러 방에 들어온 후 벌써 세 번째 운공이었지만, 해도 해도 질리지가 않아서 여느 때처럼 오늘 밤도 아예 밤을 새워 운공을 할 작정이었다.

공력이 없던 시절에도 운공조식을 끝내면 심신이 날아갈 듯이 상쾌했었다.

그런데 지금은 그때와 비교조차도 할 수 없을 정도로 기분이 좋았고, 정신은 맑다 못해서 얼음처럼 차디찼으며, 온몸은 한 조각 깃털처럼 가벼웠다.

꽈꽈꽝!

창을 꼭 닫아놨는데도 밖에서 치는 천둥소리가 고막을 찢을 정도로 굉렬하게 들렸다.

다행히 날이 어두워지기 전에 강안의 후미진 곳을 발견할 수 있어서 그곳에 호리궁을 정박해 놓았기에 이 험한 날씨에도 웬만큼 안심이 됐다.

호리는 내처 네 번째 운공조식을 하려고 눈을 감았다.

끼이…….

그때 방문 열리는 소리가 작게 들려와서 호리는 의아한 표정을 지었다.

그가 눈을 뜨고 쳐다보니 방문이 약간 열려 있고 그 사이로 방문 밖에 옹송그리고 서 있는 호선의 모습이 보였다.

칠흑처럼 캄캄한 어둠 속이지만 공력이 이 갑자가 된 호리의 눈에는 모든 것들이 대낮처럼 뚜렷하게 보였다.

호리가 의아한 표정을 지으면서 몸을 일으키며 호선에게 왜 그러느냐고 막 물으려는데 또다시 천지를 무너뜨릴 듯한 벽력성이 터졌다.

꽈르릉! 꽈꽈꽝!

그 순간 호리는 호선의 가녀린 몸이 파드득 떨리는 것을 발견했다. 그녀는 천둥소리에 크게 놀란 것처럼 보였다.

굉장한 무공 실력을 지닌 호선이 한낱 천둥소리에 놀라다니, 호리는 가볍게 어이없는 표정을 지었다.

그러나 다음 순간 호선은 방문을 와락 열어젖히더니 곧장 호리에게 달려와 그대로 품에 안겨 버렸다.

호리는 엉겁결에 호선을 품에 안고 왜 그러느냐고 물으려다가 아까처럼 입을 다물었다.

자신의 품속에서 호선이 가련할 정도로 바들바들 떨고 있는 것을 느꼈기 때문이었다.

그때 호리는 깨달았다. 필경 기억을 잃기 전의 호선은 천둥소리 따위에는 눈도 까딱하지 않았을 것이다.

기억을 잃은 그녀는 원래의 그녀에게 있지도 않았던 많은 것들을 새롭게 경험하게 되었는데, 그중에는 두려움이라는 것도 포함된 듯했다.

기억을 잃었다는 것은 뚜껑까지 꼭꼭 덮인 좁은 항아리 속에 갇혀 있는 것이나 다름이 없다.

좁고 캄캄한 항아리 속에 웅크린 채 갇혀 있으면 천둥만이 아니라 모든 것이 다 무서울 터이다.

때리는 사람이 누군지, 어디를 어떻게 무엇으로 맞는지 알고 맞는 것과 눈을 가린 채 아무것도 보이지 않는 상태에서 두들겨 맞는 것에는 큰 차이가 있다. 물론 후자가 더 무섭고 아픈 것은 당연하다.

사실 호선은 천둥이 무서운 것이 아니라 기억을 잃은 것이 무서운 것이다. 그녀의 기억 속에는 천둥이라는 것이 존재하지 않았다.

천둥소리가 항아리 속에 갇힌 그녀를 무시무시하게 뒤흔들고 있기 때문이다.

호리는 방문을 닫으려고 호선을 가만히 떼어놓으려고 했지만 그녀는 두 팔로 그의 가슴을 꼭 안은 채 가늘게 몸을 떨면서 도통 떨어지지 않으려 했다.

할 수 없이 그는 호선을 가슴에 매단 채 일어나 방문을 닫고 침상으로 돌아왔다.

그런데 별생각 없이 침상에 앉는다는 것이 이상한 자세가 되고 말았다.

호리가 책상다리를 하고 앉았는데, 호선이 마주 보는 자세로 그의 허벅지 위에 다리를 벌리고 앉아서 두 팔로는 등을 끌어안고, 뺨을 그의 어깨에 얹고 있는 상태였다.

뭐가 이상한고하니, 그런 자세다 보니까 두 사람의 하체 은밀한 부위가 서로 맞닿았다는 것이다.

또한 호리는 엉겁결에 호선을 마주 안는다는 것이 두 손으로 그녀의 엉덩이를 떠받치듯이 거머잡은 채 끌어안고 있는 상태였다.

더구나 호선은 다리를 활짝 벌려 두 발로 호리의 허리를 끌어안고 있는 자세여서, 우연찮게도 호리의 음경이 그녀의 옥문(玉門)에 강하게 밀착되어 버린 형국이었다.

호선의 벌거벗은 몸을 수없이 보았고 만지면서도 추호의 음심도 품지 않았던 호리다.

그런데 기이하게도 지금 이 순간 호리의 몸이 뜨거워지면서 음경이란 놈이 점차 불쑥불쑥 커지고 있었다.

호선은 무서움에 떨면서 간절히 도움을 청하고 있는데, 호리는 그런 그녀의 옥문에 자신의 음경이 닿았다고 어떻게 해 볼 겨를도 없이 딱딱하게 발기해 버리고만 것이다.

'이런……'

호리는 난감했다. 아니, 이런 상황에서 어이없는 반응을 보이고 있는 자신의 몸뚱이가 더러워서 미칠 지경이었다.

이윽고 호리 품에 안긴 호선의 떨림이 점차 잦아들고 있었다. 호리의 보호를 받는다는 것이 그녀의 두려움을 많이 가셔 준 것이다.

그녀에게 호리는 절대적인 보호자였다.

"……."

그때 호선의 몸이 가볍게 움찔했다. 그러더니 그 자세 그대로 온몸이 경직된 채 꼼짝도 하지 않고 가만히 있었다.

하지만 호리는 자신의 귀에 거의 닿아 있는 호선의 입에서 새근거리는 숨소리가 흘러나오는 것을 똑똑히 느꼈다.

그는 자신의 딱딱해진 음경의 존재를 호선이 기어코 알아차린 것이라고 생각했다.

아니, 호선이 자신의 은밀한 부위에서 일어나고 있는 변화를 모른다면 그야말로 무신경한 사람일 것이다.

호리는 쥐구멍에라도 들어가고 싶을 만큼 부끄러워서 얼굴이 새빨갛게 물들었다.

그런데도 먼저 움직일 수가 없었다. 호선에게 이런 부끄러움을 느끼기는 처음이었다.

그런데 어쩐 일인지 호선도 그 자세로 가만히 있었다.

그녀가 화들짝 놀라거나 핀잔을 주었다면 호리는 무안해서 어쩔 줄을 몰랐을 것이다.

호리는 그녀가 가만히 있는 것이 자신을 배려해 주는 것이라는 사실을 어렵지 않게 깨닫고 미안하면서도 고마운 마음이 들었다.

꽈르르릉! 꽈꽈꽝!

그때 또다시 무지막지한 뇌성이 터졌지만 호선은 아까처럼 놀라거나 두려워하지 않고 여전히 가만히 있었다.

그녀에게 있어서 호리의 품속은 무엇과도 비교할 수 없이 안전한 장소였다.

그런데 당황스럽고 미안한 마음이 하늘을 찌를 정도인데도 음경은 조금도 위축됨 없이 여전히 당당하게 호선의 옥문을 찌르고 있었다.

만약 둘 다 옷을 입고 있지 않았더라면 벌써 무슨 일이 벌어져도 벌어졌을 터이다.

"저……."

호리는 이런 이상한 침묵이 너무 숨이 막혔다. 그래서 무엇이든 시도해 볼 요량으로 막 입을 열려고 하는데, 갑자기 호선이 호리의 어깨에서 살며시 고개를 들더니 그의 입에 가볍게 입맞춤을 하였다.

쪽!

촉촉하고 부드러운 입술의 감촉이 호리의 온몸을 찌르르하게 만들었다.

"나 오늘 밤만 여기에서 재워줘. 응?"

이어서 아주 작은 목소리로 속삭였다.

깜짝 놀란 호리가 쳐다보자 호선의 얼굴에는 모두 이해할 수 있다는 너그러움과 천둥소리로 인한 두려움이 반반씩 섞여 있었다.

그녀가 속삭인 이유는 이 방에도 장치되어 있는 전음통으로 철웅과 은초가 말소리를 들을까 봐 우려했기 때문이다.

그리고 호리도 그것을 짐작했다.

호선의 배려 덕분에 마음이 한결 가벼워진 호리는 음경의 발기 따윈 훌훌 털어버리고 그녀를 번쩍 안아 침상에 눕힌 후에 이불을 잘 덮고는 부드럽게 다독여 주었다.

조금 전에 문득 그녀가 누나 같다는 생각이 들었던 터라서 그것을 마음속에서 무마시키려는 듯, 하지 않아도 될 다독거림을 한동안 계속했다.

그것은 마치 자신이 오라비라고 강하게 시위라도 하는 듯한 행동이었다.

호선이 눈을 감고 가만히 있는 것을 보고 호리는 조심스럽게 침상 바닥으로 내려가려고 몸을 일으켰다.

가부좌의 자세로 운공을 하기에는 침상이 좁았기 때문에 수련실로 가려는 것이다.

"가지 마."

그때 호선의 고즈넉한 목소리가 호리의 몸을 묶어버렸다.

호리가 쳐다보자 호선은 촉촉하게 젖은 맑은 눈으로 바라보고 있었다.

'이런… 바보 같은.'

호선은 천둥소리가 무서워서 이 방으로 왔다. 그런데 호리는 그녀를 혼자 이 방에 놔두고 수련실로 가려 했으니, 그런 멍청한 행동이 어디에 있겠는가.

호리는 즉시 침상으로 올라가 호선 옆에 누웠다. 침상이 좁았기 때문에 그녀 쪽으로 돌아누울 수밖에 없었다.

기다렸다는 듯이 호선이 그의 품속으로 파고들었다.

호리는 그녀의 머리 아래로 팔을 내어주고 다른 팔로는 등을 끌어안아 포근히 감싸주었다.

몹쓸 음경은 이때만큼은 함부로 행동하지 않았다.

"호리, 일어나."

호리는 자신을 부르는 호선의 목소리에 눈을 떴다가 가볍게 놀라는 표정을 지었다.

호선이 일어나 앉아 있었고, 얼굴 표정이 몹시 싸늘하게 변해 있었기 때문이다.

호리가 상체를 일으키면서 막 입을 열려는데 그녀가 손을 뻗어 그의 입을 막았다.

"아무 말도 하지 마."

호리는 눈을 휘둥그렇게 뜨며 놀라워했다. 그녀가 느닷없이 왜 이러는가 하는 것보다, 그녀가 입을 꼭 다문 채 말을 했기 때문이었다.

더구나 그녀의 말은 호리의 귀로 들리지 않고 뇌를 가볍게 웅웅 울리면서 들렸다.

바로 전음입밀의 수법이었다.

호선은 자신이 전음입밀을 할 줄 안다는 사실조차 모르고 있었으나, 긴박한 상황이 되자 이것 역시 본능적으로 자연스럽게 튀어나왔다.

호리는 호선의 시선이 천장에 고정되어 있는 것을 보고는 그곳에 뭐가 있나 싶어서 자신도 뚫어지게 쳐다봤지만 나무판자만 보일 뿐 아무것도 없었다.

그때 다시 호선의 전음이 호리의 뇌를 가벼이 울렸다.

"몇 명의 불청객들이 찾아왔어. 이곳으로 내려오는 입구를 찾고 있는 것 같아."

호리는 눈을 커다랗게 뜨고 조금 전과는 다른 시선으로 천장을 쏘아보았다.

"공력을 끌어올려서 혈맥을 따라 양쪽 귀로 보내봐."

호선이 전음으로 가르쳐 주었다.

호리는 그대로 해보았다.

'아!'

다음 순간 그는 깜짝 놀라서 하마터면 입 밖으로 탄성을 터뜨릴 뻔했다.

들렸다. 그것은 누군가 여러 사람의 어지러운 발자국 소리와 이리저리 움직이면서 내는 옷자락 스치는 소리 등의 작은 파공음들이었다.

"호리궁으로 올라온 놈들은 모두 다섯 명이야."

호선이 전음으로 알려주었지만 호리는 아직 불청객들의 수까지는 세지 못했다.

이윽고 호선이 천장에서 시선을 거두어 호리를 보며 역시 전음으로 빠르게 말했다.

"입을 벌리지 않고 말하는 수법을 가르쳐 줄 테니까 그대로 따라서 해봐."

사실 호리는 그것이 배우고 싶었다. 어떻게 입을 열지 않고 말할 수 있는지 신기하기 짝이 없었다.

예전에 어느 하오문도에게서 무림 고수들끼리는 육성이 아닌 전음입밀이라는 기막힌 수법으로 대화를 하기 때문에 다른 사람들이 그 말을 전혀 알아듣지 못한다는 얘기를 듣고 매우 신기하게 생각한 적이 있었던 호리다.

호리가 고개를 끄덕이자 호선이 눈을 깜빡이고 나서 빠른 어조로 설명했다.

"삼 푼의 공력을 일으켜서 가슴과 머리로 나누어 보내 가슴의 유부(兪府), 혹중(或中), 신장(神藏), 허령(墟靈), 봉신혈(封神穴)에, 그리고 머리 오른쪽 측면의 백양(白陽), 읍임(泣臨), 창목(窓目), 당정(當正), 영승(靈承), 공뇌혈(空腦穴)에 나누어 분산시키면서 그 열한 개의 혈도들을 동시에 일깨우면 무언가 이마에서 빠져나가는 듯한 미약한 느낌이 생기는데, 바로 그 순간에 호리가 상대에게 전하고 싶은 말을 머리에 떠올리면 되는 거야."

호리궁에 불청객이 침입한 상황에서도 호선은 호리에게 전음입밀을 가르치는 여유를 보이고 있었다.

지금 그녀에게서는 어젯밤에 천둥소리에 놀라던 가녀린 모습은 조금도 찾아볼 수가 없었다. 그녀는 다시 호리의 누나 같은 존재로 돌아왔다.

"……."

호선의 설명을 듣고 난 호리는 할 말을 잃고 말았다.

그녀는 제 딴에는 매우 간단한 것처럼 그 방법을 줄줄이 읊어주었는데, 호리가 짧은 순간에 생각을 해보니 그 방법은 결코 간단하지가 않았다.

또한 짧은 시간 연습해서 될 일이 아닌 것 같았다. 호선은 호리를 과대평가했거나 그런 수법 자체를 아주 우습게 여기고 있는 것이 분명했다.

그런데 사실 호선이 방금 가르쳐 준 수법은 무림인들이 흔히 사용하는 전음입밀이 아니었다.

전음입밀은 성대(聲帶)를 울리지 않고 혀와 입술만을 최소한으로 움직여 그것에 공력을 실어 원하는 상대에게 말을 쏘아내는 수법이다.

그러나 방금 호선이 가르친 것은 전음입밀이 아니라 자신의 생각을 원하는 타인에게 전하는, 이른바 불가의 혜광심어(慧光心語) 같은 최상승의 전음 수법이었다.

기억을 잃기 전의 호선이 있던 곳에서는 그런 수법을 이심전각(移心傳覺)이라고 한다.

호선이 내가고수들도 섣불리 배우려 들지 못하는 최고의 상승수법을 호리에게 가르쳤으니 그가 난감해하는 것도 무리가 아니었다.

"수련실 뒷문으로 나가자."

말과 함께 호선은 이미 방을 나가 소리 없이 수련실로 쏘아가고 있었다.

퍼뜩 정신을 차린 호리가 전력을 다해서 뒤쫓았으나 그가 수련실 입구에 이르렀을 때 호선은 이미 수련실 뒷문을 열고 나가고 있있다.

아니, 그녀는 나가려다가 멈춰서 뒤돌아보며 역시 이심선각의 수법으로 빠르게 말했다.

"호리궁에 오른 다섯 명은 네가 맡아. 나는 뭍에 있는 다른 놈들을 상대할 테니까."

이어서 그녀는 뒷문을 통해 배의 고물 위로 순식간에 사라져 버렸다.

호리는 적잖이 놀랐다. 침입자가 호리궁에 오른 다섯 명뿐인 줄만 알았는데, 호선의 말을 듣고 나서야 뭍에 침입자들이 더 있다는 사실을 알게 되었다.

호리궁에 오른 자들이 누구며 얼마나 강한지도 모르는 상황인데, 다섯 명씩이나 호리더러 맡으라고 하다니 일순 호리는 막막한 심정이었다.

더구나 말을 할 수도 없는 상황이어서 자신의 의사를 호선에게 전할 수가 없었기에 답답하기 짝이 없었다.

바짝 긴장한 호리는 자세를 최대한 낮춘 채 고물 위로 가볍게 올라섰다.

지난밤에 그토록 퍼붓던 비는 어느덧 그쳐 있었고 강 건너에서 뿌연 여명이 밝아오고 있었다.

강에서 한 줄기 수로 같은 물길이 뭍 쪽으로 뻗어 들어와 하나의 아담한 연못의 모양을 이루고 있는데, 호리궁은 그 한 가운데에 닻을 내리고 있었다.

주위를 살펴볼 겨를도 없이 호리의 시선 속으로 몇 걸음 앞 후갑판의 오른쪽 난간 가에 서 있는 자와 선실 밖 왼쪽에 있는 자, 두 검은 인영의 모습이 쏘아 들어왔다.

그들 두 명은 배의 아래쪽을 살피느라 아직 호리를 발견하지 못한 상태였다.

호리는 바짝 긴장하여 우선 후갑판에 있는 자부터 공격해서 거꾸러뜨려야겠다고 생각했다.

그러나 호리는 막 쏘아가다가 그 두 명이 기우뚱하며 옆으로 기울어지는 것을 발견하고 멈칫했다.

호리가 움찔 놀라고 있는 사이, 두 검은 인영의 상체가 난간 밖으로 완전히 기울어지는가 싶더니 그대로 강물을 향해 추락했다.

호리는 그들이 다섯 명의 침입자 중에 두 명이며, 호선에게 당했다는 사실을 간파했다.

그의 짐작은 정확했다. 고물에 오른 호선은 갑판에 있는 두 명의 침입자가 눈에 띄자 그 즉시 처치하고 곧장 뭍으로 날아갔고, 침입자들이 쓰러지기도 전에 호리가 고물로 올라선 것이었다.

호리궁의 선상에는 방금 물로 추락한 그 두 명 외에는 아무도 보이지 않았다.

호리는 다섯 명 중에 나머지 세 명은 선실 안에 있을 것이라 판단하고 발끝으로 고물 끝 나무 턱을 박차고 쏜살같이 쏘아갔다.

첨벙!

그가 선실 입구에 당도했을 때 방금 전에 추락한 두 명이 물에 빠지는 소리가 크게 들려왔다.

문을 열고 들어가려던 호리는 뚝 동작을 멈추고 생각을 바꿔 즉시 문 옆에 등을 바짝 붙였다.

물소리를 듣고 선실 안에서 누군가 나올지도 모른다고 판단했기 때문이었다.

과연 호리의 예상이 적중했다. 그 순간 선실 문이 벌컥 열리면서 하나의 검은 인영이 빠르게 튀어나왔다. 그자는 밖에 아무도 없다고 여겼는지 전혀 경계를 하지 않았다.

숙!

그 순간 칼처럼 세워진 호리의 왼손이 번개같이 검은 인영의 목을 향해 쏘아나갔다.

팍!

"끅!"

목젖 부위가 정확하게 가격당한 검은 인영은 답답한 신음을 토해내며 몸이 스르르 앞으로 고꾸라졌다.

이런 상황에서는 굳이 봉황등천권이나 백조비무격을 사용할 필요도 없었다.

그저 손끝에 약간의 공력을 모아 목의 사혈을 가볍게 찍어 즉사시킨 것이다.

호리는 즉시 팔을 뻗어 그자의 몸을 붙잡아 문 옆으로 끌어다 놓은 후 숨을 죽이고 기다렸으나 선실 안에서는 아무런 반응이 없었다.

그는 고개를 내밀어 조심스럽게 선실 안을 들여다보다가 움찔 놀랐다.

선실 안에는 아무도 없었으며, 아래층으로 내려가는 덮개가 활짝 열려 있었다.

그 덮개는 숭명현에서 배를 수리할 때에 철판으로 교체를 했고, 아래쪽에서 쇠사슬과 굵은 자물쇠로 단단하게 잠글 수 있도록 장치를 만들어 달았었다.

호리가 가까이 다가가 보니 쇠사슬과 자물쇠가 썩은 노끈처럼 맥없이 끊어져 있었다.

그것을 간단하게 끊을 정도면 침입자들은 절대 어설픈 하오문도 따위가 아니었다.

호리궁에 오른 침입자가 모두 다섯 명이라면 이제 두 명이 남았을 것이다.

그 두 명이 중간층으로 내려간 것이다. 그렇다면 아직 자고 있을 철웅과 은초가 위험했다.

호선우 이곳을 호리에게 맡기고 어디론가 사라져 버렸다.

침입자가 다섯 명씩이나 되는데도 호리더러 처치하라고

시켰을 때에는 호리 혼자 그들을 충분히 당적할 수 있다고 판단했을 것이다.

그런데다가 호선이 두 명을 처치해 주었으니 호리가 나머지 세 명을 감당하지 못한대서야 체면이 서지 않을 터이나.

호리는 내려가기 전에 입구 아래로 머리를 살짝 디밀고 조심스럽게 앞뒤를 살폈다.

수련실 문이 열려 있었으며, 앞쪽의 호리와 호선의 방문이 열려 있었고, 검은 인영 한 명이 호선의 방에 한 발을 디밀은 채 실내를 살피는 모습이 보였다.

호리는 침입자 두 명에게 들키지 않고 아래로 내려갈 수 있을지 확신이 서지 않았다. 그러나 이대로 보고만 있을 수는 없는 노릇이었다.

그는 공력을 끌어올린 후 입구 아래로 뛰어내렸다. 그런데 염려했던 것과는 달리 그의 두 발이 바닥에 닿으면서도 추호의 기척도 나지 않았다.

다음 순간 호리는 소리 없이 수련실 안으로 스며들었다.

그 안에 있을 것이라고 추측되는 침입자 한 명이 들어서는 호리를 발견하게 되면 한바탕 일장박투와 소란이 불가피할 것이라고 각오했는데, 다행히 검은 인영 하나가 수련실 뒤에 열려 있는 뒷문 밖으로 고개를 내밀고 있는 뒷모습이 호리의 눈에 띄었다.

　호리는 발끝으로 바닥을 박차고 허공으로 신형을 날렸다. 바닥을 달려가면 소리가 날 것 같았고, 또 단 한 번에 검은 인영의 바로 뒤까지 접근하기 위해서였다.

　펄럭!

　그러나 호리는 자신에게서 옷자락 펄럭이는 소리가 날 것이라는 사실까지는 미처 예상하지 못했었다.

　옷자락 펄럭이는 소리에 뒷문 밖을 내다보던 검은 인영의 몸이 가볍게 움찔 떨리더니, 그 즉시 오른손을 어깨의 검으로 가져가면서 재빨리 몸을 돌렸다.

　스릉!

　검을 뽑으면서 뒤돌아선 그는 재빨리 수련실 내를 살피다가 아무도 없자 반사적으로 위를 쳐다보았다.

　칵!

　그 순간 하강하던 호리의 오른 발끝이 검은 인영의 귀밑을 짧고 강하게 찍듯이 걷어찼다. 그것으로 검은 인영은 즉사하고 말았다.

　삭!

　바닥에 살짝 내려선 호리는 쓰러지는 그자를 잡아 바닥에 눕힌 후 바람처럼 수련실 밖으로 쏘아갔다.

　마지막 한 명의 침입자가 철웅이나 은초의 방문을 열어 그들에게 해를 입히기 전에 처치해야 하기 때문에 마음이 더없이 다급했다.

"……!"

수련실을 막 나선 호리는 마지막 한 명의 침입자 모습이 보이지 않는다는 사실을 깨달았다.

쉬잇!

그 순간이었다. 왼쪽에서 바람을 가르는 예리한 파공음이 흘러나왔다.

'아차!'

일순 호리의 온몸에 소름이 쫙 돋아났다. 그러나 상대를 돌아보고 자시고 할 겨를이 없었다.

사라졌던 마지막 침입자가 수련실 문 옆에 숨어 있다가 급습하는 것이 분명했다.

생각하고 반응하면 늦고 만다. 이 순간에는 그저 본능에 몸을 맡겨야만 한다.

다만 파공음으로 미루어 도나 검이 옆에서 호리 자신의 머리를 향해 세로로 내리긋고 있다는 사실만을 막연하게나마 간파할 수 있을 뿐이었다.

그 순간 호리는 쏘아나가던 기세에 발끝으로 힘껏 바닥을 밀면서 가일층 속력을 더했다.

패액!

찰나 서늘한 바람이 그의 뒤통수와 등을 훑고 지나갔다.

실로 반 뼘이라는 아슬아슬한 차이로 한 자루 도가 호리의 등을 스치며 내리그어졌다.

마지막 침입자의 도가 바닥을 향해 내리긋는 동작을 이어 가고 있을 때, 호리는 왼발 끝을 축으로 삼아 빙글 반회전하여 돌면서 백조비무격 붕선타정(鵬旋打頂)의 수법으로 번개같이 오른 주먹을 뻗어냈다.

투우!

뻐걱!

"큭!"

호리의 주먹에서 회오리치는 권풍(拳風)이 폭발하듯이 뿜어져 나가 침입자의 얼굴 정면에 적중됐다.

침입자는 얼굴이 완전히 묵사발이 되어 외마디 신음을 지르며 즉사했다.

"휴우……."

호리는 가슴을 쓸어내렸다. 여차했으면 죽는 것은 침입자가 아니라 호리 자신이 될 뻔했었다.

마지막 침입자는 쓰러지지 않고 등을 벽에 기댄 채 엉거주춤 서 있는 자세였다.

권풍이 얼굴 정면을 적중하여 코를 중심으로 주먹 크기 정도가 회오리 모양으로 함몰, 뒤통수로 튀어나가 나무 벽에 쑤

뇌중애(雷中愛) 37

셔 박혔기 때문이다.
 말하자면, 그자의 뒤통수 살덩이가 하나의 못이 되어 몸을 지탱하고 있는 것이다.

第二十四章
습격자(襲擊者)

一擲賭者 乾坤

호리는 중간층의 시체 두 구와 선실 입구의 시체를 후갑판으로 옮겨 나란히 눕혀놓았다.

그즈음 강 건너 능선으로 아침의 태양이 얼굴을 내밀어 밝은 양광을 뿌리고 있었다.

호리는 충분한 시간을 두고 세 구의 시체를 한 명씩 자세히 살펴보았다.

당연히 처음 보는 얼굴들이었다. 얼굴이 짓이겨진 자를 제외한 두 명은 모두 삼십대 중반의 장한들로 일견하기에도 강인한 인상이었다.

한눈에 보기에도 구사문의 졸개들은 절대 아니었다. 그렇다고 항주 흑도방 무사들의 복장도 아니었다. 호리는 항주성에서 흑도방도들을 자주 목격했기 때문에 그들을 식별하는 것은 어려운 일이 아니다.

지금 시체가 되어 누워 있는 세 명은 항주성에서 가끔씩 목격했던 무림인과 비슷한 복장을 하고 있었다.

호리는 자신이 이들 세 명을 너무도 손쉽게 해치웠다는 사실이 쉽게 믿어지지 않았다.

'그렇군! 나는 이 갑자, 백이십 년의 내공을 지닌 고수였지!'

호리는 그 사실을 새삼스럽게 확인하게 되었다.

사실 그가 이들 세 명을 죽이는 것은 그리 어려운 일이 아니었다.

이런 정도의 실력자들이라면 대여섯 명이 한꺼번에 공격을 해와도 충분히 당적할 수 있을 것 같았다.

호리 자신이 이 갑자 공력의 고수라는 점을 감안한다면, 이들은 최소한 공력 삼사십 년의 이류고수는 될 것 같았다.

'무림인들이 대체 무엇 때문에……?'

당연히 그런 의문이 생겼다.

문득 호리는 당도현에서 자신이 호선을 업고 현 내 대로를 달려가고 있을 때 구사문 졸개들이 나타나 다짜고짜 호선을 내놓으라고 했던 일을 기억해 냈다.
 '설마…… 구사문이나 이들의 목적은 내가 아니고 호선이라는 말인가?'
 호리는 뽀얀 물안개가 피어오르는 수면 너머 울창한 숲 쪽을 염려스러운 얼굴로 바라보았다.
 그 숲 속 어딘가에 호선이 있을 것이다. 그러나 호선이 가르쳐 준 방법. 즉, 공력을 끌어올려 양쪽 귀에 모아 집중해 봤지만 아무런 소리도 들려오지 않았다.
 아침나절의 새소리와 이따금씩 물고기들이 수면 위로 튀어 오르는 소리뿐이었다.
 그렇다고 이대로 무작정 기다리고 있을 수만은 없었다.
 몸을 일으켜 배 앞쪽으로 달려가던 호리는 뚝 걸음을 멈추고 급히 중간층으로 내려갔다. 철웅과 은초를 깨워야겠다는 생각에서였다.
 자고 있는 그들을 내버려 두고 갔다가 만약 침입자들이 다시 들이닥친다면 그들은 꼼짝없이 변을 당하고 말 것이기 때문이었다.
 호리는 호리궁에서 무슨 일이 벌어진지도 모른 채 세상모르고 잠에 취해 있는 철웅과 은초를 흔들어 깨워 즉시 호리궁을 강 한복판으로 이동시키라고 지시한 후 다시 갑판으로 올라왔다.

선수에 우뚝 서서 뭍을 바라보니 거리가 대략 이 장 반 정도는 될 듯했다.

호리궁을 움직여서 뭍에 대자니 성가실 뿐만 아니라 시간이 지체될 것이 뻔했다.

한시바삐 호신에게 달려가야겠다고 생각하는 호리에게는 일각이 여삼추였다.

'해보자!'

그는 이 장 반 거리를 한 번에 도약해 보리라 속으로 결심하고는 뒷걸음쳐서 선실까지 물러났다.

호선이라면 이 정도 거리는 그다지 어렵지 않게 도약할 수 있을 것이다.

그렇다면 호리 자신은 어렵게라도 건널 수 있지 않을까 하는 생각이었다.

생각을 굳힌 호리는 이 갑자의 공력을 극한으로 끌어올려 두 다리에 집중시켰다.

그러자 두 다리가 깃털처럼 가벼워졌을 뿐만 아니라 알 수 없는 힘이 넘쳐서 이 장 반 거리가 아니라 황하라도 단숨에 건널 수 있을 것 같은 자신감이 불끈 생겼다.

탓!

한순간 그는 발끝으로 바닥을 힘껏 밀면서 호리궁의 선수를 향해 전력으로 달려나갔다.

이어서 선수의 난간을 밟는 순간 모든 공력을 발끝에 모아 박차면서 허공으로 힘차게 몸을 띄워 올렸다.

휘이익!

다음 순간 그의 몸이 한 마리 새처럼 쏜살같이 허공으로 비스듬히 쏘아갔다.

호리는 생전 처음 허공을 날고 있었으며, 가장 **빠른** 속도로 쏘아가는 경험을 하고 있었다.

이 정도 속도와 도약력이라면 이 장 반 거리를 날아가는 것은 가능할 것이라는 생각이 들었다.

그런데 어이없는 일이 벌어지고 있었다.

어느 순간부터인가 그의 하체는 앞쪽으로 길게 뻗어 있고, 상체는 뒤로 거의 누운 듯한 자세가 돼버린 것이었다. 말하자면 허공중에서 비스듬히 누워버린 자세가 돼버린 것이다.

놀라면서도 어이가 없는 중에 호리는 번뜩 한 가지 사실을 깨달았다.

도약을 하기 위해서는 두 다리에만 공력을 집중시켜서는 안 되고 온몸에 고르게 주입해야 한다는 사실을.

그러나 그는 그 사실을 조금 늦게 깨달았다.

우지직!

"왁!"

너무도 **빠르게** 쏘아가는 자신의 몸을 미처 제대로 제어하지 못한 상태에서 호리는 숲의 한 그루 나무와 정면으로 충돌하여 여지없이 부러뜨리면서 땅바닥에 무지막지하게 내동댕이쳐졌다.

"이런……."

그는 낭패한 몰골로 부스스 몸을 일으켰다. 다치지는 않았지만 온통 흙투성이가 되어 꼴이 말이 아니었다.

그는 호리궁이 있는 쪽을 쳐다보다가 약간 놀라고도 어이없는 표정을 지었다.

그가 내동댕이쳐진 곳에서 호리궁까지의 거리는 족히 사장 이상은 될 것 같았다.

경공술이라고는 배운 적이 없는 그였지만, 이 갑자의 공력으로 이 장 반 거리를 도약하는 것은 그다지 어려운 일이 아니었던 것이다.

그것도 모르고 뒤로 물러섰다가 전력으로 도약한 결과 이 꼴이 되고 말았다.

그래서 그는 또 한 가지 사실을 깨달았다. 세상 모든 일에 정도(程度)라는 것이 있듯이 무공을 사용하는 데에도 정도가 있다는 것이었다.

말하자면 할계언용우도(割鷄焉用牛刀不可)이다. 즉, 닭을 잡는 데 소를 잡는 칼을 써서는 안 된다는 것이다.

이윽고 호리는 주위를 조심스럽게 둘러보면서 공력을 끌

어올려 두 귀에 집중시켰다. 어쨌든 뭍에 당도했으니 호선을 찾아보자는 것이었다.

그렇지만 호리궁에서처럼 여전히 아무것도 보이지 않았고, 아무 소리도 들리지 않았다.

부지런한 새와 짐승들이 지저귀며 날아다니고 돌아다니는 부산한 소리만 들릴 뿐이었다.

앞쪽은 빽빽한 나무숲이었고, 그것이 삼사십여 장 펼쳐졌다가 완만한 경사를 이루는 산비탈로 이어지고 있었다.

호리는 난감한 표정을 지었다. 이래서는 호선을 찾아내는 일이 쉽지만은 않을 듯했다.

그녀의 무공이 이 갑자 공력인 호리보다 훨씬 고강하다고는 하지만 시야에서 완전히 사라져 버렸으니 걱정을 떨쳐 버릴 수가 없었다.

그녀는 무공이 고강하다는 사실 외에는 아무것도 할 줄 모르는 어린아이와 같기 때문이었다.

호리가 곁에 없으면 천둥소리에도 무서워서 벌벌 떠는 그녀가 아니던가.

그때 문득 호리는 자신이 있는 곳에서 삼사 장쯤 떨어진 곳의 나뭇가지 하나가 꺾여진 채 매달려 있는 것을 발견하고 즉시 그곳으로 달려가 자세히 살펴보았다.

얼굴 높이쯤의 손가락 굵기의 나뭇가지 하나가 꺾여 있었다. 그것뿐 달리 눈에 띄는 것은 없었다.

 하지만 호리의 생각으로는 짐승이나 새가 그 정도 높이의 나뭇가지를 부러뜨리지는 않았을 것 같았다.

 호리는 아마도 호선이나 침입자가 그쪽 방향으로 달려가다가 그랬을 것이라고 짐작했다.

 문득 호리는 꺾여진 나뭇가지의 끝이 한쪽 방향으로 뻗어 있는 것을 발견했다.

 우연하게 그렇게 됐을 수도 있겠지만 아닐 수도 있다는 생각이 들었다.

 지금처럼 막막한 상황에서는 작은 단서라고 해도 그냥 지나쳐서는 안 된다.

 호리는 나뭇가지 끝부분이 가리키고 있는 쪽을 보다가 가볍게 눈을 빛냈다.

 나무가 꺾여서 가리키고 있는 방향으로 삼 장 거리에 있는 또 한 그루 나무의 나뭇가지가 같은 높이에 같은 방향으로 꺾여 있었다.

 두 개의 나뭇가지가 똑같이 같은 방향을 가리키고 있다는 사실은 우연일 확률이 적었다.

 휘익!

 호리는 그것이 자신에게 방향을 가르쳐 주려는 호선의 표시라고 확신하고 즉시 그 방향으로 전력을 다해 몸을 날렸다.

숲 바닥에 세 구의 시체가 아무렇게나 여기저기에 널브러져 있었다. 시체들은 하나같이 머리에 손톱만 한 구멍이 관통된 모습이었다.

맞은 부위는 머리의 앞과 옆으로 제각각이었지만, 완전히 관통됐다는 것과 구멍의 크기가 같은 것으로 미루어 한 사람의 솜씨라는 사실을 짐작할 수 있었다.

호리는 최초에 꺾여진 나뭇가지를 발견한 장소로부터 이곳까지 약 오 리 정도 오는 사이에 이런 광경을 이번까지 네 차례, 그리고 죽은 시체는 이십여 구나 발견했다.

또한 그들 이십여 구의 시체는 한결같이 머리에 구멍이 뚫려 있었다.

하지만 상처 부위에서 피는 흐르지 않았다. 상처 부위가 마치 인두로 지진 것처럼 태워졌기 때문이었다.

호리는 그것이 호선의 솜씨일 것이라고 단정했다.

이들은 호리궁에 침입했다가 호리와 호선에게 죽은 다섯 명과 똑같은 복장을 하고 있었다. 호선이 아직 돌아오지 않는 것으로 봐서 죽은 자들의 동료들을 추격하든지, 아니면 싸우고 있을 것 같았다.

호리는 호선에 대한 걱정 때문에 마음이 어수선해져서 잠시라도 지체할 수가 없어 즉시 신형을 날렸다.

그가 쏘아가고 있는 방향은 산을 우측으로 둔 동남향이었다.

두 개의 꺾여진 나뭇가지와 네 차례 발견한 시체들은 한결같이 일직선을 이루고 있었으며, 바로 동남향이었다.

호리는 자신이 경공술을 모른다는 사실이 지금처럼 후회스러운 적이 없었다.

이 소란이 무사히 마무리되고 나면 호선에게 경공술부터 배워야겠다고 생각했다.

겨울의 문턱으로 들어서고 있는 숲은 황량하기 짝이 없는 광경이었다.

메마른 나무들이 전력으로 달리고 있는 호리의 양옆으로 빠르게 스쳐 지나갔다.

그때 그가 쏘아가는 전면에 또다시 시체들이 쓰러져 있는 광경이 보였다.

이번에는 무려 여섯 구가 한꺼번에 널려 있었고 그들 역시 머리에 구멍이 뚫린 모습이었다.

호리는 멈추지 않고 더욱 박차를 가해 계속 달렸다. 멈출 여유가 없었다.

자꾸만 호선이 위험에 처해 있을 것 같은 불길한 생각만 머릿속에 가득했다.

그때부터는 시체가 짧으면 이삼 장, 멀면 사오 장 간격으로 한 구석 띄엄띄엄 이어지고 있었다.

호선이 적들과 자주 마주치고 있다는 뜻이고, 그녀가 있는 곳이 가까워지고 있다는 뜻이었다.

그때 호리는 달리는 것을 급히 멈추었다. 희미한 소리를 들은 것 같아서였다.

그는 긴장된 마음을 애써 억누르면서 공력을 끌어올려 두 귀에 집중시켰다.

퍽… 퍽… 퍽…….

"흑!"

"큭!"

연이어 둔탁한 음향이 터지면서 거의 동시에 답답한 신음성이 뒤를 이어 희미하게 들려왔다.

그가 잠시 동안 귀를 기울이고 있는 동안에 십여 차례나 둔탁한 음향과 신음성이 계속해서 이어졌다.

그 소리로 미루어 호선이 한 장소에 머문 상태에서 많은 적들과 싸우고 있다는 사실을 짐작할 수 있었다.

호리는 그 소리를 감지할 수 있을지언정 어느 정도 거리라는 것은 아직 가늠하지 못했다.

그가 할 수 있는 일은 전력을 다해서 소리가 들려온 방향으로 쏘아가는 것뿐이었다.

'아…….'

멈춰 선 호리는 눈앞에 벌어져 있고 또 벌어지고 있는 광경에 대경실색을 금할 수가 없었다.

그곳은 산등성이에 위치한 완만한 경사를 이루고 있는 꽤 넓은 공지였다.

그 공지의 곳곳에는 족히 백여 구 이상의 시체들이 어지럽게 흩어진 채 널려 있었다.

그리고 얼핏 보기에도 족히 삼사백 명은 될 듯한 경장고수들이 겹겹이 포위망을 형성한 상태에서 복판의 누군가를 치열하게 협공하고 있었다.

포위망의 가장 안쪽 한복판에 누가 있는지는 경장고수들에 가려서 보이지 않았다.

하지만 도검이 허공을 가르는 날카로운 파공음과 조금 전에 호리가 들었던 예의 둔탁한 음향. 그리고 짧고 답답한 신음 소리가 한데 어우러져서 들려오고 있었다.

호리가 이곳까지 오는 동안 발견한 시체는 모두 오십여 구에 달했었다.

그런데 이곳에 있는 백여 구의 시체까지 합치면 죽은 자들은 무려 백오십여 명에 달했다.

이른 아침에 이 이름 모를 산기슭에서 이와 같은 대살육 극이 벌어지고 있는 것이었다.

퍼퍼퍼퍼퍽!
"크흑!"
"캑!"
"끅!"

흡사 딱따구리가 쉴 새 없이 나무를 쪼아대는 듯한 빠르기의 격타음과 답답한 신음 소리가 동시에 터지면서 포위망 안쪽으로부터 쉴 새 없이 경장고수들이 포위망 밖으로 튕겨져 나왔다.

호리는 포위망 한복판에 호선이 고군분투하고 있을 것이라 판단하고 그곳을 향해 화살처럼 쏘아갔다.

공격하는 경장고수들은 포위망 안쪽에만 온 신경을 집중시키느라 호리의 출현을 아직 모르고 있었다.

호리는 그곳을 향해 쏘아가면서 포위망 바깥쪽을 공격하는 것이 좋을지, 아니면 안쪽으로 날아들어 호선과 함께 싸우는 것이 좋을지를 재빨리 생각해 보았다.

그는 사부 곁을 떠나 항주에서 머물기 시작한 이후 무수한 싸움을 해왔었다.

한 푼의 돈이라도 악착같이 벌기 위해서였고, 살아남기 위해서였다.

그렇지만 그 싸움의 상대는 건달들이 대부분이었으며, 조금 더 강하다고 해봐야 하오문도가 고작이었다.

무림인과 싸운 것은 조금 전에 호리궁에서 상대한 세 명의 침입자가 처음이었다.

그리고 이것이 두 번째 싸움이다. 그것도 한꺼번에 삼사백 명을 상대해야 하는 것이다.

그렇지만 눈곱만큼도 겁나지 않았다. 아마도 호선을 구해야 한다는 일념 때문일 터이다.

'좋아! 나는 바깥쪽을 깨부순다!'

결국 그는 그렇게 결정했다. 건달이든 무림인이든 싸움의 형태는 다 거기서 거기일 것이다.

싸움에 대한 풍부한 경험이 있는 호리는 지금처럼 다수가 한 사람을 다구리를 놓을 때에는 바깥을 흔들어 많은 수의 적을 분산시켜야 한다는 사실을 잘 알고 있었다.

호리는 이 갑자 공력을 끌어올려 두 팔에 모은 후 쏜살같이 달려가던 기세를 빌어 전면을 향해 백조비무격의 독취강폭(禿鷲降爆)을 전개했다.

독취강폭은 먹이를 발견한 독취, 즉 독수리가 지상을 향해 빛처럼 내리꽂히는 맹렬한 기세를 따서 만든 초식이다.

휘우웅!

호리가 쏘아가면서 두 팔을 힘차게 뻗자 그의 두 주먹에서 칼날보다 더 날카로운 회리바람 같은 권풍이 소용돌이치면서 뿜어졌다.

호리 자신은 아직 모르고 있는 상태지만 그 권풍에는 단단한 화강암에 무려 세 치 깊이의 구멍을 뚫을 수 있는 위력이 실려 있었다.

뿌아악!

"흐악!"

"크악!"

두 줄기 소용돌이 권풍에 등 한복판이 적중된 두 명의 경장고수는 맞은 부위를 중심으로 하여 몸 전체가 활처럼 뒤로 꺾인 채 앞을 향해 쏜살같이 튕겨졌다.

그들은 그 일격으로 즉사하고 말았다.

그뿐만 아니라 두 명이 거센 힘을 싣고 튕겨지는 바람에 앞쪽에 있던 자들과 몸끼리 부딪치면서 순식간에 십여 명이 와르르 앞으로 거꾸러졌다.

포위망 한복판만 신경을 쓰면서 공격을 퍼붓던 경장고수들의 포위지세는 난데없는 외곽 공격에 일시적으로 움직임이 정지되면서 혼란에 빠졌다.

그러나 호리의 공격은 그때부터 본격적인 시작이었다.

그의 두 주먹과 두 발, 아니, 온몸에서 백조비무격의 초식들이 소나기처럼 쏟아져 나왔다.

상대가 다섯 명 미만의 소수이거나 강적일 때에는 호선에게 배운 봉황등천권이 유리하다.

그렇지만 다수일 경우에는 백조비무격이 제격이라는 사실을 호리는 이미 인지하고 있었다.

두 권법을 비교하자면 물론 봉황등천권이 훨씬 고강했다.

하지만 이 갑자의 공력으로 발휘하는 백조비무격도 결코 만만하지 않았다.

슈슈슈슉!

쉬이익! 쉭! 쉭!

봉황이 우아하게 춤을 추는 듯 멋들어진 곡선의 초식이 봉황등천권이라면, 백조비무격은 쪼고, 찍으며, 부러뜨리는 직선의 초식이다.

퍼퍽! 빠빡! 따닥딱!

호리의 두 손과 두 발에서 소나기처럼 쏟아져 나간 백조비무격의 여러 초식들이 경장고수들의 몸에 적중되면서 여러 가지 음향과 고통스러운 비명 소리가 한데 뒤섞여 어지럽게 튀어나왔다.

그는 공격만 퍼붓지 않고 방어에도 만전을 기했다. 백 명, 천 명을 죽인다고 해도 나 자신이 중상을 입거나 죽어버리면 아무 소용이 없기 때문이다.

그러나 그는 오래지 않아서 굳이 방어를 할 필요가 없다는 사실을 깨달았다.

그에게서 소나기처럼 쏟아져 나가는 백조비무격 공격 때

문에 추풍낙엽처럼 튕겨지고 쓰러지는 자들과 그 공격을 피하려고 이리저리 날뛰는 자들은 있을지언정, 감히 호리를 공격하려고 덤벼드는 자는 한 명도 없었기 때문이다.

그래서 호리는 또 한 가지 중대한 사실을 깨달았다.

최선의 공격은 최선의 방어를 겸하고 있다는 사실을.

"호리! 조심해! 다치지 말고!"

호리가 신들린 듯이 공격을 퍼붓고 있을 때 이심전각의 수법으로 호선의 말이 그의 뇌리를 울렸다.

그녀의 말을 듣자 호리는 더욱 힘이 솟구쳤다.

그도 호선에게 어디 다친 곳은 없는지 묻고, 그리고 조심하라고 한마디 당부하고 싶었지만 육성으로 소리쳐야 하기 때문에 그만두었다.

어느덧 수백 명의 경장고수들은 호리와 호선을 각각 따로 포위해서 공격하느라 자연스럽게 두 개의 포위망을 형성하게 되었다.

호리를 공격하는 자들은 급습을 당했던 충격에서 빠르게 벗어나 사면팔방에서 도검을 휘두르며 빗발치듯 호리를 공격하기 시작했다.

쐐애액!

쉬이익! 쉭! 쉭!

허공을 가르는 도검의 파공성이 귀신의 호곡성처럼 터져

나와 섬뜩했다.

 그렇지만 그 정도로는 공격이 최선의 방어라는 사실을 깨달은 호리의 공격을 멈추게 하지는 못했다.

 더구나 호리는 최초의 급습으로 이미 공격의 선기를 잡은 상태였다.

 별것 아닌 것 같지만 그것은 매우 중요한 사실이다. 일단 공격의 기회를 잃고 수세에 몰리게 되면 계속되는 공격을 막느라 좀처럼 재공격을 하기가 어려워지고, 끝내 낭패를 당하게 될 것이다.

 또한 상대가 자신보다 강하거나 다수일 경우에 그런 현상은 더욱 심화될 수밖에 없다.

 수많은 싸움의 경험을 갖고 있는 호리는 한 번 잡은 선기를 놓치지 않으려고 전력을 기울였다.

 더구나 그는 자그마치 십삼 년 동안 오직 한 가지 권법 백조비무격만을 수련해 왔었다.

 백조비무격을 처음에 누가 창안했는지는 모르지만, 아마도 호리보다 더 완벽하게 구사하지는 못할 터이다.

 그 백조비무격에 이 갑자 공력이 실려 발휘되고 있으니 그 위력과 정묘함을 더 이상 설명해서 무엇 하겠는가.

 그때 호리의 온몸을 노리고 십여 자루 이상의 도검이 사면팔방에서 맹렬하게 찌르고 베어왔다.

그러나 호리의 두 눈에는 그 공격들 하나하나가 일목요연하게 훤히 보였다.

어느 것이 앞선 공격이고 또 어느 것이 다음 차례인지, 마치 정지 동작을 보는 것 같았다.

그러므로 그 사이사이를 누비면서 완벽에 가까운 백조비무격을 전개하여 적들을 거꾸러뜨리는 것은 땅 짚고 헤엄을 치는 것이나 같았다.

퍼퍼퍼퍽퍽!

"크흑!"

"와!"

"크악!"

숲 속의 공지에는 도검이 허공을 가르면서 내는 파공성과 호리와 호선이 전개하는 초식에 의한 격타음, 그리고 비명소리가 끊이지 않고 계속됐다.

그렇게 순식간에 이각여의 시간이 흘렀다.

그동안에 호리는 무려 사십여 명을, 호선은 두 배에 가까운 칠십오 명의 적을 쓰러뜨렸다.

두 사람은 하나의 공통점을 갖고 있었다. 그들에게 적중당해서 쓰러진 경장고수들은 두 번 다시 일어나지 못한다는 사실이었다.

두 사람의 주먹과 발길질은 결코 목표한 급소를 벗어나는 일이 없었다.

이각여의 시간이 흘렀을 때 호리는 적들의 움직임에서 한 가지 사실을 간파해 냈다.

호리가 이곳에 도착했을 때 경장고수들은 이미 백오십여 명이 죽은 상태였으며, 지금은 모두 합쳐 무려 이백육십여 명이나 죽었다.

또한 계속되는 동료들의 죽음에 경장고수들은 잔뜩 겁에 질린 표정이면서도 공격을 멈추지 않았다.

그로 미루어 그들은 호리와 호선이 지치기를 기다리고 있는 것 같았다. 즉, 자신들의 숫자가 많다는 사실을 굳게 믿고 있는 것이다.

무식하기 짝이 없는 하책(下策)이기는 하지만 무림에서 많이 사용되고 있으며, 또 거의 대부분의 싸움에서 탁월한 효과를 이끌어내는 방법이기도 했다.

그러나 그들은 이번만큼은 상대를 잘못 선택했다.

호리는 그들의 평균 공력인 삼사십 년보다 세 배 이상 높은 이 갑자의 공력에다가 임독양맥이 소통된 상태라서 웬만한 경우를 제외하고는 공력의 고갈을 모르는 상태이고, 호선은 자신의 공력이 도대체 얼마쯤인지도 모를 정도로 심후한 공력의 소유자다.

그런 두 사람이 지치기를 기다리고 있느니 차라리 감나무 아래에 누워서 감이 익어 떨어지는 것을 기다리는 편이 빠를 터이다.

"물러서지 마라! 계속 공격하라!"

그때 호리는 공격하는 적도들 배후에서 터져 나오는 웅혼한 외침을 들었다.

소나기처럼 공격을 하던 호리가 방금 쓰러뜨린 적도들 틈새로 재빨리 살펴보니 적도들 뒤쪽에 복장이 약간 다른 한 명의 중년인이 손에 쥐고 있는 도를 휘두르면서 소리치고 있는 모습이 보였다.

호리는 그자가 적의 우두머리라고 판단했다. 그자는 잔뜩 겁을 집어먹고 있는 수하들 배후에서 수하들이 도망치지 못하게 독전(督戰)을 하고 있는 것이었다.

아니, 호리가 좀 더 자세히 보자 그자는 독전이 아니라 아예 위협을 하고 있었다.

그자가 수중의 도를 휘두르는 것은 물러나는 수하들을 베기 위함이었다.

이대로 가면 이곳에 있는 사람들 중에서 살아남는 것은 호리와 호선뿐일 것이다.

호리가 공력이라는 것을 갖게 되고, 또한 임독양맥이 소통되어 무림 고수가 된 후 죄조로 하는 싸움치고는 상대가 너무 오합지졸이었다.

습격자(襲擊者) 61

우두머리를 쏘아보는 호리의 굵은 눈썹이 꿈틀 꺾였다. 그러면서 여태까지와는 다른 살기가 속에서 치솟았다.

호리는 이곳의 적들을 모조리 죽일 때까지도 지치지 않을 자신이 있었다.

하지만 싸움의 이유도 모르는 채 무조건 상대를 몰실시킨다고 해서 능사는 아니었다.

살인이 취미가 아닌 이상 할 수만 있다면 인명을 해치지 않고 일을 해결하는 것이 옳았다.

'죽일 놈!'

호리는 수하들을 사지로 몰아넣고 있는 우두머리를 죽여야지만 이 맹목적인 도륙을 끝낼 수 있을 것이라고 판단했다.

다음 순간 그는 갑자기 두 발로 힘껏 지면을 박차고 수직으로 솟구쳐 올랐다.

그 직후 허공 일 장 높이에서 갑자기 상체를 아래로 꺾여 방향을 우두머리 쪽으로 잡은 후, 노한 학이 빛처럼 하강하는 수법인 분학전광(憤鶴電光)의 초식으로 우두머리를 향해 쏜살같이 쏘아 내렸다.

자신의 수하들을 향해서 도를 휘두르며 소리치던 우두머리는 한발 늦게 호리를 발견하고 움찔 놀랐다.

호리는 머리를 아래로 두 발을 허공으로 한 자세를 취한 채 내리꽂히면서 오른 주먹을 뻗어 창끝처럼 날카로운 권풍을 발출했다.

권풍이라고 다 같은 권풍이 아니다. 위력적인 것, 소용돌이 치는 것, 창끝처럼 뾰족한 것 등 종류도 다양했다.

그러나 우두머리는 경장고수들과는 뭔가 달랐다.

경장고수들은 호리의 공격을 피할 엄두도 내지 못한 채 속수무책으로 당하기 바빴는데 우두머리는 재빨리 옆으로 몸을 날려 권풍의 사정권에서 벗어나는 것은 물론, 자세를 바로 잡기도 전에 호리의 측면에서 전력으로 수중의 도를 그어대는 반격까지 시도해 왔다.

그러나 우두머리의 저항은 거기까지뿐이었다.

휴웅!

우두머리가 피할지도 모른다고 미리 예상하고 있었던 호리가 왼 주먹을 뻗어 위력적인 권풍을 재차 발출한 것이다.

우두머리의 공격이 빠르기는 했으나 도가 권풍보다 빠를 수는 없었다.

퍽!

"크흑!"

권풍이 위에서 아래로 내리꽂히면서 왼쪽 어깨를 묵직하게 적중시키자 우두머리는 답답한 신음을 토해내며 쓰러질 듯이 비틀거렸다.

그 일격으로 그는 어깨뼈가 완전히 박살나서 왼팔을 축 늘어뜨렸다.

 그런데도 오른손의 도를 허공을 향해 결사적으로 휘둘러 댔다. 하지만 그저 허우적거리는 것에 불과할 뿐이었다.

 머리를 아래로 향한 채 하강하던 호리는 허공중에서 빙글 반 바퀴 회전하면서 회전력의 힘을 빌려 발뒤꿈치도 우두머리의 정수리를 강하게 찍어버렸다.

 꿍!

 "끅!"

 그것으로 우두머리는 즉사했다. 얼마나 강한 충격이었는지 두 발이 낙엽 속으로 무릎까지 쑤셔 박혔으며, 머리가 자라처럼 목 속으로 코까지 처박혀 버렸다.

 우두머리가 죽는 것을 발견하고 더욱 겁에 질려 버린 경장 고수들은 공격은커녕 슬금슬금 뒤로 물러서다가 한순간 소 건너는 물웅덩이의 파리 떼 흩어지듯이 산지사방으로 도망치기 시작했다.

 호리가 어이없는 표정을 지으며 서 있는 잠깐 사이에 경장 고수들은 모조리 사라졌고, 그 자리에는 호리와 호선만 덩그렇게 남아 있었다.

 갑자기 벌어진 일에 호선은 의아한 표정을 짓고 있었다.

 "호선아!"

 호리는 오 장 거리에 서 있는 호선을 발견하고 반가운 마음에 그녀를 부르며 달려갔다.

"여기서 기다리고 있어!"

그러나 호선은 그 말만 남긴 채 한쪽 방향으로 쏜살같이 쏘아갔다.

"호선아!"

호리가 급히 부르면서 뒤쫓았지만 미처 사오 장도 가지 못해서 호선의 모습이 숲 속으로 감쪽같이 사라져 버렸다.

호선의 경공술은 호리가 전력으로 달리는 것보다 최소한 세 배 이상 빨랐다.

"계집애가!"

호선을 걱정해서 속이 다 새카맣게 타버렸는데, 또다시 사라져 버리자 호리는 발끈했다.

그러나 그의 불편한 심기는 곧 풀어졌다. 감쪽같이 사라졌던 호선이 채 열 차례 호흡을 하기도 전에 다시 호리 곁으로 되돌아온 것이었다.

그런데 그녀는 한 손으로 경장고수 한 명의 멱살을 움켜잡은 채 끌고 오고 있었다.

경장고수는 혈도가 제압됐는지 뻣뻣한 상태에서 공포에 질린 표정으로 두 눈만 이리저리 바쁘게 굴리고 있었다.

턱!

호리가 뭐라고 입을 열려는데 그보다 먼저 호선이 경장고수를 바닥에 내던지더니 그자의 가슴에 한쪽 발을 올려놓으며 나직이 중얼거렸다.

"너희는 누구냐?"

호리는 무심코 호선의 얼굴을 보다가 자신도 모르게 움찔 몸을 떨고 말았다.

그는 이날까지 살아오면서 지금 호선이 짓고 있는 표정만큼 차디차고 소름 끼치는 모습을 한 번도 본 적이 없었다.

오죽하면 간담이 크기로 소문난 호리조차도 몸을 오싹 떨었겠는가.

그것은 호리가 최초로 발견한 호선의 전혀 다른 모습이었다.

"으으… 나는 야귀방(夜鬼幇) 사람입니다……."

마혈이 제압되어 꼼짝 못하는 상태에서 말만 할 수 있는 경장고수는 공포에 질린 얼굴로 더듬거렸다.

그에게는 목숨을 버릴지언정 비밀을 지켜야 한다는 투철한 사명감 같은 것은 없는 듯했다.

호리는 그제야 호선이 경장고수 한 명을 잡아온 이유를 알 수 있었다.

그들이 누구이며, 무엇 때문에 우리를 공격한 것인지 알아내려는 것이었다.

그렇지만 견식이 넓다고 자부하고 있는 호리는 야귀방이

라는 방파명을 처음 들었다.

다만 '밤귀신'을 뜻하는 '야귀'라는 방파명으로 미루어 좋지 않은 방파일 것이라고 짐작했다.

"야귀방이 무엇 하는 곳이냐?"

기억을 잃은 호선도 모르는 것 같았다.

"야귀방은… 청부조직입니다……."

원래 야귀방은 사파(邪派)의 이류방파로써 말이 좋아 청부조직이지 사실은 '무림의 청소부'로 통한다.

주로 하는 일이라는 것이 무림에서 벌어지는 온갖 지저분한 일들을 돈을 받고 처리해 주기 때문이다.

크게는 살인청부에서부터, 작게는 남의 떼어먹은 돈을 대신 받아주는 등 온갖 허드렛일을 가리지 않는다.

무림에는 야귀방과 비슷한 일을 하는 청부조직 방파들이 수백 곳이나 있다.

무림인들은 그들을 경멸하면서도 무림에 그들이 꼭 있어야만 한다는 사실에는 이의를 달지 않는다.

숲에서 짐승들이 먹이 싸움이나 자연적인 도태로 죽었을 경우에 그 시체를 먹어치우고 썩게 만들어 다시 자연의 일부로 되돌리는 역할을 하는 것들이 온갖 벌레들이다.

만약 그 벌레들이 없다면 숲은 짐승들의 썩지 않은 시체로 뒤덮이고 말 것이다.

야귀방은 무림계의 벌레 같은 존재인 것이다. 하잘것없지만 없어서는 안 되는 그런 존재.
"무엇 때문에 우리를 죽이려고 했느냐?"
"그것은……."
뚜둑!
"으악!"
경장고수, 즉 야귀방도가 머뭇거리는 순간 호선이 가슴을 밟고 있는 발에 슬쩍 힘을 주자 갈비뼈 몇 개가 부러지면서 그는 숨이 넘어갈 듯한 처절한 비명을 질렀다.
"무엇 때문에 우릴 죽이려고 했느냐?"
호선이 재차 똑같은 질문을 했다.
야귀방도의 눈이 찢어질 듯이 부릅떠지더니 서서히 공포의 기색이 사라지면서 대신 어서 빨리 죽여달라는 간절한 애원의 기색이 떠올랐다.
그는 비로소 자신이 살아날 확률이 전무하다는 사실을 깨달은 것이다. 삶에 대한 애착을 버린 그는 더 이상 감출 것이 없었다.
"으음… 방주의 말에 의하면… 우리 능력으로는 당신을 죽이지 못한다고 했습니다. 그래서… 우리의 목적은 당신을 찾아내서 청부자에게 그 위치를 알려주고… 그들이 당도할 때까지 당신을 이곳에 붙잡아두는 것입니다."

야귀방도는 호선의 '우리'라는 질문을 '당신', 즉 호선 한 사람이라고 정정해 주었다.
　결국 호리의 짐작대로 구사문이나 이들 야귀방이 노리는 사람은 호선이었던 것이다.
　"청부자가 누구냐?"
　"으윽… 나 같은 졸개가 그것을 어찌 알겠습니까……?"
　그의 말이 옳았다. 졸개들은 그저 시키면 시키는 대로 할 뿐이지 청부자 따위를 알 턱이 없었다.
　더구나 협의나 정의하고는 거리가 먼 야귀방 같은 방파의 수하들은 명령에 따라서 이리저리 몰려다니면서 끝까지 목숨을 부지하는 것이 최선이었다.
　"그렇다면, 나를 붙잡아두라고 한 청부자는 언제 이곳에 도착하느냐?"
　"그것도… 잘 모릅니다. 단지… 본 방의 방주가 이끄는 사백여 수하들이 이곳에서 멀지 않은 곳에서 지금 이곳으로 오고 있다는 사실만 알고 있습니다."
　야귀방도의 말로 미루어 조금 전에 죽은 우두머리는 야귀방주가 아니라 중간 급의 지위 정도 되는 것 같았다.
　야귀방주가 이끄는 사백여 명의 수하들이 멀지 않은 곳에서 이곳으로 달려오고 있다는 말에 호리는 초조해졌다.
　빨리 이곳을 벗어나지 않으면 야귀방주에게 발목이 잡혀

서 그들과 싸우느라 지체할 것이고, 결국 청부자들이 당도하게 될 것이기 때문이다.

호리가 호선을 쳐다보자 그녀는 더 이상 물을 것이 없는지 싸늘하기 짝이 없는 표정으로 허공을 응시하며 입술을 잘근잘근 깨물고 있었다.

호리는 호선을 가리키면서 야귀방도에게 물었다.

"당신은 이 사람이 누구라고 알고 있소?"

그의 물음에 호선의 표정이 변하여 급히 야귀방도를 굽어보았다. 하마터면 중요한 사실을 놓칠 뻔했다는 표정이었다.

야귀방도는 핏발이 곤두선 눈을 껌뻑거렸다.

"나는… 이분 소저의 신분을 모릅니다만 방주는 알고 있을 것입니다."

"짐작조차 하는 것이 없소?"

"그저… 당금 무림을 좌지우지할 정도로 매우 중요한 위치에 있는 사람이라는 것만 알고 있을 뿐입니다."

호리는 적잖이 놀라서 마치 낯선 사람을 보듯이 호선을 쳐다보았다.

철부지 같은 호선이 당금 무림을 좌지우지할 정도의 위치에 있는 사람이라니…….

호리는 놀라움을 삼키고 야귀방도에게 다시 물었다.

"우리를…… 아니, 이 사람을 추격하는 무리는 당신들 야귀방뿐이오?"

"아닙니다. 최소한 십여 개 방, 문파들이 이분 소저를 추적하는 것으로 알고 있습니다."

호리는 크게 놀랐다. 그렇다면 대체 얼마나 많은 무림인들이 호선을 추적하고 또 죽이려 한다는 말인가?

"그들은 어떤 방파들이고 지금 어디에 있소?"

"으윽! 모릅니다."

야귀방도는 부러진 갈비뼈 때문에 고통스러워하면서 빨리 죽여달라는 눈빛으로 호선을 바라보았다.

호선은 호리를 쳐다보면서 야귀방도에게 더 물을 것이 없느냐는 듯한 눈빛을 보냈다.

호리는 설레설레 고개를 가로저었다.

우직!

"끄악!"

호선이 발에 힘을 주어 야귀방도의 가슴을 짓뭉개자 심장과 폐 따위의 내장이 박살난 그는 처절한 비명을 터뜨리며 온몸을 부르르 떨다가 곧 축 늘어지며 숨이 끊어졌다.

그녀가 야귀방도를 그처럼 갑작스럽게, 그리고 잔인하게 죽일 줄은 예상하지 못했던 호리는 그 광경에 움찔 놀라 호선을 쳐다보았다.

그러나 호선은 싸늘하기 짝이 없는 얼굴로 먼 곳을 응시할 뿐, 죽은 야귀방도에 대해서는 무감각한 것 같았다.

호리는 그런 호선이 무척이나 낯설게 느껴졌다. 그녀가 과연 지난밤에 천둥소리가 무섭다면서 호리의 품속으로 파고들던 겁 많은 그녀인가 하는 의구심이 들었다.

그러나 호리는 곧 마음을 다잡았다. 야귀방도를 죽이지 않으면 어쩔 것인가.

지금 상황에서 그를 살려 보낸다는 것은 어불성설 말도 되지 않는 일이었다.

그를 살려 보내는 것은 호선에게 해가 될지언정 추호도 득이 되지 않을 것이기 때문이다.

문득 호선을 쳐다보던 호리는 그녀가 누군가를 기다리고 있다는 느낌을 받았다.

'설마 야귀방주나 청부자를 기다리고 있는 것인가?'

호리는 자신의 짐작이 맞을 것이라고 생각했다. 그녀는 자신의 신분을 알아내기 위해서 야귀방주나 청부자와 부딪치는 위험을 감수하려는 것이었다.

그것은 실로 극단적인 방법이었다. 그러나 최악의 경우에는 그녀의 신분을 알아내지도 못하고 허무하게 죽임을 당할 수도 있을 것이다.

신분을 알아낸다고 한들 죽으면 무슨 소용이 있겠는가.

"가자."

호리는 호선 옆으로 다가가 종용했다. 그러나 호선은 꿈쩍도 하지 않고 한쪽 방향만 주시하고 있었다.

척!

"호선아, 어서 호리궁으로 돌아가자."

호리는 그녀의 손목을 잡고 힘주어 끌어당겼다.

"호리, 나는 내가 누군지 꼭 알아야겠어."

호선은 안타깝고도 간절한 표정을 떠올렸다. 조금 전의 그 오싹하도록 싸늘한 표정하고는 딴판이었다.

"그러다가 죽을 수도 있어."

"그래도 상관없어."

호리의 눈썹이 꿈틀 꺾였다.

"죽어도 상관이 없다는 거야?"

"그래. 내가 누군지도 모르는 채 사는 것보다는 알고 죽는 편이 나을 거야."

"닥치지 못해!"

순간 호리는 버럭 소리를 질렀다. 자신도 모르게 튀어나온 외침이었다.

"호리……"

호선은 너무 놀라서 눈을 동그랗게 뜨고 호리를 바라보았다.

그런 그녀의 모습은 영락없이 평소의 철부지에 겁 많은 소녀의 그것이었다.

지금 이 순간 호리는 호선에 대한 자신의 감정 한 가지를 깨닫고 있었다.

그녀가 제아무리 고강한 무공을 지녔으며, 당금 무림을 좌지우지할 정도의 신분이라고 해도 호리 자신에겐 그저 보호하고 감싸줘야 할 한 명의 철부지 소녀라는 사실이었다.

호리는 그런 자신의 마음도 모르는 채 고집을 부리는 호선 때문에 너무 화가 나서 얼굴이 붉어진 채 더욱 언성을 높여 꾸짖었다.

"네가 과거에 어떤 신분이었는지를 알아내는 것은 물론 중요한 일이야! 그렇다면 지금의 신분은 너에게 아무런 가치도 없다는 것이냐?"

"지금의 신분?"

호선은 복잡한 표정을 지으며 입속으로 중얼거렸다.

호리의 목소리가 격해졌다.

"그래! 너는 호선이야! 그것이 지금의 너의 이름이지! 그것은 너에게 어떤 의미지?"

"나는……."

호선은 머뭇거렸다. 그러면서 그녀는 자신의 새로운 생활이 시작되었던 때, 즉 항주성 내 운하에서 호리의 배에 매달려 있다가 호리에게 구해지고 또 극진한 치료를 받은 후부터 지금까지 함께 생활해 왔던 두 달여 동안을 잠시 동안 회상해 보았다.

그러자 그녀는 비록 짧은 기간이었지만 지금의 생활이, 특히 호리가 자신에게 매우 중요한 존재라는 사실을 새삼스럽게 깨달을 수 있었다.

문득 그녀는 얼마 전에 자신이 원인 모를 혼절을 했을 때를 상기했다.

그 당시에 그녀는 혼절을 했었지만 정신은 또렷하게 깨어 있는 상태여서 호리가 얼마나 극진하게 자신을 간호하고 또 걱정했었는지, 그리고 어떤 일이 벌어졌는지를 생생하게 알 수 있었다.

그래서 그때 그녀는 크게 감격하여 눈물을 흘리면서 호리 품에 안겨 나중에 기억을 되찾더라도 절대 호리 곁을 떠나지 않을 것이라고 맹세했었다.

그 말은 호선의 진심이었으며, 그때의 마음은 지금도 변함이 없었다.

과거의 신분에 대한 것은 순전히 궁금증 때문이었다. 기억을 되찾아 과거의 신분을 회복하게 되면 무슨 일이 벌어질는지 예상힐 수 없지만 지금의 호선에겐 호리만이 가장 중요한, 아니, 목숨보다 더 소중한 존재였다.

호선은 그윽한 눈빛으로 호리를 바라보았다.

그녀의 얼굴에는 호리가 익히 알고 있는 평소 그녀의 모습이 떠올라 있었다.
 순수하면서도 애정이 듬뿍 담긴, 그리고 호리 없이는 아무 것도 할 수 없다는 표정과 애잔한 눈빛이었다.

第二十五章
우정(友情)

一擲賭乾坤

호리와 호선이 떠나고 나서 이각쯤 지났을 때 숲 속의 공지에 한 무리의 무림인들이 들이닥쳤다.

야귀방주와 그가 이끄는 사백여 수하들이었다.

야귀방주는 사십오 세가량의 중년인으로, 꽤나 비대한 체구에 쭉 찢어진 가느다란 눈을 지닌 탐욕스러운 용모를 지니고 있었다.

그는 휘하에 천여 명의 수하들을 거느리고 있는데, 수적으로만 논한다면 야귀방이 무림에서 가장 거대한 방파 중 하나에 속할 것이다.

방파라는 것은 문파와는 달리 이득을 위해서 모인 부류가 대부분이다.

한 달에 한 차례 녹봉(祿俸:월급)을 받는 것이 생활수단이기 때문에 마음만 먹으면 그는 수하들을 이천 명, 아니, 그 이상도 끌어 모을 수가 있다. 물론 그렇게 해서 모은 수하들은 하나같이 오합지졸들이다.

야귀방주 야귀도(夜鬼刀)는 두툼한 살집 속에 파묻힌 가느다란 눈으로 공지를 한 차례 천천히 쓸어보았다.

그곳 여기저기에 이백여 구가 훨씬 넘는 자신의 수하들 시체가 흩어져 있었지만, 그의 얼굴에는 추호도 안타까워하거나 애석하게 여기는 기색 같은 것은 없었다.

그때 사방에서 수십 명의 야귀방 수하들이 빠르게 쏘아와 야귀도 면전에 모여들어 일제히 보고했다.

"어디에도 보이지 않습니다!"

"이 근처에는 없는 것이 분명합니다!"

그들은 야귀도가 근처를 수색하라고 보낸 수하들이었다.

"우라질! 곧 그들이 이곳에 당도할 텐데 뭐라고 말해야 한다는 말인가?"

야귀도는 살찐 뺨을 씰룩이며 투덜거렸다.

청부자는 한 소녀를 찾아내는 이번 일에 무림의 사냥꾼으로 유명한 열두 개 방파를 투입시켰다.

청부자는 우선 그들 모두에게 선수금조로 금 오천 냥씩을 고루 나누어주었다.

그리고 소녀를 발견하여 청부자에게 알려주는 방파에게 금 일만 냥을, 청부자가 당도할 때까지 소녀를 붙잡고 있는 것에 성공하게 되면 금 오만 냥, 소녀를 죽여서 시체를 갖고 오면 금 십만 냥을 주겠다고 약속했었다.

이번 추적에 참가한 야귀방을 비롯한 열두 개 방파들이 평소에 주로 하는 일거리의 수입은 아무리 크다고 해봐야 은자 천 냥 남짓이 보통이다.

그들 중에서 선수금으로 금 오천 냥씩이나 받아본 방파는 하나도 없었다.

금 오천 냥이면 자그마치 은자 이십오만 냥이다. 이들 십이 방파 각각이 일 년 동안 뼈 빠지게 벌어야 겨우 만질 수 있을까 말까 한 큰돈인 것이다.

야귀도는 청부자들이 이곳에 당도할 때까지 소녀를 붙잡아둘 수만 있다면 자신의 수하를 모조리 잃어도 개의치 않을 인물이었다.

수하들은 또 불러 모으면 얼마든지 충원이 되지만, 금 오만 냥이라는 거금을 한꺼번에 만져볼 수 있는 기회는 평생토록 거의 없을 것이기 때문이다.

"뭣들 하느냐? 어서 추적해라! 모든 수단과 방법을 동원해서 그녀를 찾아내라!"

　야귀도는 자신의 주위에 모여 있는 수하들에게 버럭버럭 고함을 질렀다.

　그의 명령에 당주들과 향주들이 자신의 수하들을 이끌고 빠르게 사방으로 흩어져 갔다.

　수하들이 소녀를 찾아내더라도 야귀도는 자신이 전면에 나설 생각은 추호도 없었다.

　이유는 간단했다. 그는 소녀가 누구인지 진짜 신분을 알고 있기 때문이다.

　야귀도의 식견으로는 청부자들 정도의 초절정고수들만이 소녀를 감당할 수 있을 뿐, 지금 추적에 가담하고 있는 십이 개 방파가 한꺼번에 합공을 한다고 해도 그녀를 당해낼 수는 없는 일이었다.

　소녀는 무림사상 가장 어린 나이에 살성(殺星)이라고 불린 사람이었다.

　　　　　*　　　*　　　*

　철웅과 은초의 시선은 자꾸만 후갑판으로 향했다.

　그곳에 세 구의 시체가 나란히 눕혀져 있기 때문이었다.

　쳐다보지 않으려고 몹시 애를 썼지만 자꾸만 신경이 쓰여서 그게 뜻대로 되지 않았다.

자고 있던 두 사람은 호리가 깨우는 바람에 겨우 일어나 이유도 모른 채 그가 시키는 대로 호리궁을 강 한복판으로 몰고 가서 닻을 내린 후에야 후갑판의 시체들을 발견하고 소스라치게 놀라고 말았었다.

자고 있던 중에 일어나서 서둘러 배를 몰아 도망치듯이 강 한복판으로 간 것도 이상한 일인데 난데없는 세 구의 시체들이 후갑판에 눕혀져 있는데다가, 호리와 호선은 도대체 어디로 갔는지 한 시진이 다 되도록 돌아올 기미조차 보이지 않고 있었다.

또한 호리는 낯선 자들이 호리궁으로 다가오려고 하면 아무 곳으로나 무조건 전력으로 도망치라고 철웅과 은초에게 단단히 일러두었었다.

두 사람이 눈에 불을 켠 채 경계하고 있지만 아직까지는 낯선 자들의 모습은 보이지 않았다.

철웅과 은초는 후갑판 쪽을 보지 않으려고 애쓰면서 지난 밤에 자신들이 지낸 강가의 호수 쪽을 뚫어지게 주시하고 있는 중이었다.

그쪽 방향에서 한시바삐 호리와 호선이 나타나기만을 눈 빠지게 기다리는 것이었다.

물살이 뱃전에 부딪치는 소리만 들릴 뿐 주위에는 괴괴한 적막이 무겁게 내려앉아 있었다.

기분이 괴이했다. 아니, 으스스했다. 느닷없이 후갑판의 시체들이 벌떡 일어나 덮쳐올 것만 같았다.

"철웅아."

"으악!"

쿵!

그때 은초가 불쑥 낮은 소리로 부르자 그렇지 않아도 머리털이 쭈뼛거리던 철웅은 혼비백산하여 그대로 바닥에 엉덩방아를 찧으며 주저앉아 버렸다.

"이런… 덩치 값도 못하는 놈."

은초가 면박을 주자 철웅은 식은땀을 흘리면서 활차를 잡고 일어나며 앓는 소리를 냈다.

"갑자기 부르니까 놀랐잖아……!"

사실 놀라기는 은초도 마찬가지였다. 철웅이 비명을 지르는 바람에 은초도 간이 덜컥 내려앉았던 것이다.

두 사람은 호리와 함께 삼 년여 동안 항주성에서 온갖 협잡을 벌이는 과정에서 수많은 싸움질을 벌였었고, 또 몇 차례 살인을 해본 경험도 있었다.

말하자면 산전수전 두루 겪어서 간담이 누구보다도 크다고 자부한다는 뜻이다.

그러나 지금의 상황은 싸움질이나 살인하고는 사뭇 달랐

다. 시체들과 한 배에 있자니 정말 죽을 맛이었다.

　그렇다고 두 사람 마음대로 시체들을 강에 버릴 수도 없는 노릇이었다.

　호리가 시체들을 놔두고 간 것으로 봐서 버리면 안 되는 것이라고 여긴 것이다.

　"그런데… 왜 불렀어?"

　철웅이 땀을 닦으며 묻자 은초가 당연한 듯이 대꾸했다.

　"나는 수련실에 가서 운공조식을 하고 있을 테니까, 너는 호리하고 호선이 오는지 아니면 낯선 자들이 배에 접근하는지 잘 지켜보고 있어라."

　"시, 싫다!"

　은초의 말에 철웅이 펄쩍 뛰며 마구 손사래를 쳤다.

　사실 은초는 시체 때문에 으스스한 것보다는 기다리는 시간이 너무 지루하고 아까웠다.

　이러고 있는 시간에 운공이라도 하고 싶다는 생각이 아까부터 굴뚝같았다.

　철웅과 은초는 호리에게 소정심법과 백조비무격을 배운 이후부터 거기에 푹 빠져 버렸다.

　두 사람으로서는 처음으로 무공이라는 것을 배웠기 때문에 그것을 수련하는 기쁨이란 이루 말로 설명하기 어려울 정도였다.

그들은 자신들이 무공을 배우는 것이 거리의 협잡꾼에서 무림인으로 거듭나는 계기가 될 것이라고 굳게 믿었다.

무림인이 되는 것은 거리를 떠도는 모든 건달과 협잡꾼, 하오문도들의 평생 숙원이거늘 철웅과 은초가 그런 큰 꿈을 품고 있다고 해서 이상한 일은 아니었다.

그래서 두 사람은 무림인이 될 그날을 위해서 잠자는 시간도 아까울 정도로 무공 수련에 전념하고 있는 중이었다.

더구나 은초는 호선에게 배운 은초혈선풍을 발출하는 방법도 수련해야 하기 때문에 시간이 더 부족한 형편이었다.

무슨 일이든지 처음에 걸음마를 시작할 때가 제일 신나는 법이다. 날마다 아주 조금씩 소정심법과 백조비무격의 묘미를 알음알음 한 가지씩 깨우쳐 나가는 두 사람은 요즘 정말 살맛이 났다.

원래 철웅은 큼직한 체구답지 않게 다정다감하고 무엇이든 양보를 잘 하는 수더분한 성격의 소유자였다.

그런 그가 무공을 배우기 시작한 이후부터 눈에 띄게 달라지기 시작했다.

무공 수련에 대해서 만큼은 절대 양보를 하지 않을뿐더러 오히려 욕심까지 부리게 된 것이다.

"그럼 여기에서 할게."

결국 은초가 한발 양보했다. 수련실로 내려가지 않고 선실에서 운공을 하겠다는 것이다.

"그래."

어쩐 일인지 이번에는 철웅이 순순히 양보를 했다.

은초는 철웅의 마음이 변하기 전에 얼른 바닥에 가부좌의 자세로 앉아 운공조식을 시작했다.

아니, 그는 시작하려다가 멈추어야만 했다. 철웅도 바닥에 앉더니 가부좌를 틀고 있었기 때문이다.

"너… 뭐 하는 거야?"

"나도 운공할 거야."

"뭐? 그럼 누가 오는지 살피는 것은 누가 하고?"

"몰라."

"이……."

한마디로 배 째라는 똥배짱이었다. 예전의 순진하던 철웅만 생각하고 무심코 말했던 은초는 잘못 건드렸다는 불길함이 엄습했다.

그가 발끈해서 쏘아보자 철웅은 눈을 질끈 감고 있었다. 이미 운공조식을 시작하고 있는 것이다. 결국 불길함이 현실로 나타났다.

"철웅아! 너 정말 이러기야?"

그러나 철웅은 대답이 없었다. 이미 운공에 몰입한 것이다.

은초는 어이없는 표정으로 철웅을 쳐다보다가 끙! 하고 신음을 터뜨리며 일어섰다. 둘 다 운공을 하고 있을 수는 없는 일이었다.

 그로부터 다시 반 시진이 지나고 철웅이 두 번째 운공조식을 막 끝냈을 때에야 호리와 호선이 나타났다.
 두 사람이 강변에 나타난 것을 발견한 은초가 그곳으로 호리궁을 몰고 가려고 철웅을 깨우려는데, 두 사람은 그 즉시 강으로 신형을 날리는 것이 아닌가.
 은초가 깜짝 놀라서 쳐다보니 앞장 선 호선이 호리의 한쪽 손을 잡은 채 강의 수면 위를 화살보다 더 빠르게 쏘아오고, 호리도 두 발을 빠르게 움직여 수면 위를 달리고 있었다.
 물론 호선이 호리의 한쪽 손을 잡고 빠른 속도로 당겨주기 때문에 호리가 물속에 가라앉지 않을 수 있는 것이다.
 강변에서 호리궁이 있는 강 한복판까지는 무려 칠십여 장의 먼 거리였다.
 당금 무림에서 그 정도 거리를 강 위를 달려서 도달할 수 있는 절정고수는 그리 많지 않을 터이다.
 은초는 경이로운 표정으로 턱이 빠진 듯 입을 크게 벌린 채 호선과 호리를 지켜보았다.
 그는 얼마 전에 구사문에 납치됐다가 호리에 의해서 구해졌을 때에, 그에게 업힌 상태에서 호선에 의해 강을 건넌 적이 있었다.

그때는 직접 겪었었고, 지금은 두 눈으로 똑똑히 목격하고 있는 것이다.

은초의 가슴 깊은 곳에서 뜨거운 웅심(雄心)이 들끓었다.

하루빨리 소기의 성과를 이루어 무림 고수로서 활약하고 싶다는 열망이었다.

"호선아, 어떻게 물 위를 달릴 수 있는 것이지?"

강변에서 호리궁까지 절반 거리에 이르렀을 때, 호리가 호기심이 가득한 얼굴로 물었다.

호선은 쏘아가기를 계속하면서 잠시 생각을 정리한 후에 입을 열었다.

"무공의 모든 수법에는 구결이 있어. 구결이 없으면 한낱 드잡이에 불과해. 그러므로 지금 내가 펼치고 있는 이 수법 즉, 청점활비(蜻點滑飛)에도 구결이 있어."

그녀는 전면을 똑바로 주시한 채 눈도 깜빡이지 않고 구결을 상기시키면서 말을 이었다.

"체내의 십이원혈(十二原穴)이 수삼음(手三陰), 족삼음(足三陰), 수삼양(手三陽), 족삼양(足三陽)으로 이루어졌다는 것은 알고 있겠지?"

"알고 있어."

사부에게 십 년 동안이나 무공을 전수받은 호리가 그 정도 기초적인 혈맥을 모를 리가 없었다.

"그럼 공력을 일으켜서 수삼음의 수태음폐경(手太陰肺經) 십일 혈과 족삼음의 족궐음간경(足厥陰肝經) 십사 혈에 삼 푼의 공력을, 수삼양의 수양명대장경(手陽明大腸經) 이십 혈과 족삼양의 족소양담경(足少陽膽經) 사십사 혈에 사 푼의 공력을 보내어 일주천시킨 후, 그 네 경락이 서로 교차하는 혈, 즉 태연(太淵), 슬관(膝關), 부돌(扶突), 오추혈(五樞穴)에 공력을 집중시켜 봐."

호리는 망설임없이 즉시 공력을 일으켜서 호선이 불러준 대로 해보았다.

그녀가 불러준 네 줄기 경락의 전체 혈도의 수는 도합 팔십구 혈이나 되지만, 공력을 네 줄기 경락의 입구로 이끌어주기만 하면 눈 한 번 깜빡이기도 전에 일주천이 끝나 버릴 정도로 공력의 흐름이 빠른 특성이 있다.

'엇?'

그 순간 호리는 화들짝 놀랐다. 공력이 태연, 슬관, 부돌, 오추혈에 집중되는 순간 갑자기 몸이 새털처럼 가벼워졌기 때문이다.

"그다음에는 공력을 두 발바닥으로 뿜어내서 수면의 자신이 딛을 부분을 단단하게 다진 다음, 그곳을 딛으면서 앞으로 나아가는 거야."

　호선의 설명이 이어졌다. 그녀의 말처럼만 하면 금방이라도 청점활비라는 것을 전개할 수 있을 것만 같았다.

　호리는 몸이 새털처럼 가벼워지도록 계속 구결대로 시행하면서 두 발바닥으로 공력을 뿜어냈다.

　촤아악!

　"우웃!"

　순간 그의 두 발바닥에서 뿜어진 두 줄기 공력이 수면을 때려 물살을 튕겨냈고, 반탄력으로 그의 몸이 튕기듯이 위로 둥실 상승했다.

　만약 호선이 손을 잡고 있지 않았더라면 그는 균형을 잃은 상태에서 허공으로 몇 장쯤 솟구쳤다가 강물에 내동댕이쳐졌을 것이다.

　"마음속으로 공력을 뿜어내는 거리를 정해봐."

　호선의 충고에 호리는 자신의 발바닥과 수면과의 거리를 반 자 정도로 잡고, 권풍을 뿜어내는 것과는 달리 공력을 체내에서 단단하게 응결(凝結)시켜서 뿜어냈다.

　그랬더니 과연 발바닥에 무엇인가 밟혀지는 느낌이 있었다.

　하지만 그 응결된 것은 몹시 좁고 공처럼 둥글어서 발바닥의 한 부분에만 닿았기 때문에 균형을 잡는다는 것이 결코 쉽지가 않았다.

그 상태에서 호선의 손을 놓고 혼자 수면 위를 달리는 것은 무리일 것 같았다.

"뭉툭해. 좀 더 납작하게."

호선은 마치 호리가 발바닥에서 뿜어낸 공력이 눈에 보이기라도 하는 것처럼 다시 지적해 주었다.

호리는 공력을 거두고 호선에게 이끌려 가면서 어떻게 하면 공력을 납작하게 만들어 뿜어낼 수 있을까를 고심했다.

그런데 그것이 말처럼 쉽지가 않았다. 체내에서 제대로 완성된 모양의 공력을 만들어보려고 애를 써봤지만 번번이 무위로 그치기 일쑤였다.

그래도 그는 멈추지 않고 계속 시도했다. 무슨 일이든지 첫 술에 배가 부르지 않다는 것을 잘 알고 있는 그였다.

또한 평소에 인간의 능력으로 이룰 수 있는 일이라면 자신도 못할 것이 없다는 집념으로 똘똘 뭉친 그가 이 정도에서 쉽사리 포기할 리가 없었다.

호리궁이 앞으로 이십여 장쯤 남았을 무렵, 호리는 마침내 하체에서 만들어낸 납작한 공력을 두 발바닥으로 뿜어내는 데 성공했다.

촤악!

"우웃!"

그러나 그것을 딛으려는 순간 그의 하체가 허리까지 강물 속에 쑥 빠져 들었다.

그와 동시에 발바닥에 단단한 것이 닿는 것을 느꼈다.

그가 만들어서 뿜어낸 납작한 공력이었다. 그런데 반 자가 아니라 한 자 이상 멀리 뿜어냈기 때문에 그것을 딛으려다가 물에 빠지고 만 것이었다.

결국 그는 청점활비를 성공하지 못한 채 물에 흠뻑 젖은 몰골로 호리궁 후갑판에 올라섰다.

"호리야!"

철웅과 은초가 반갑게 외치면서 달려나왔다.

"도대체 무슨 일이야?"

"다친 데는 없는 거냐?"

두 사람은 호리의 몸을 만지고 살피면서 걱정스럽게 물었다.

"난 괜찮다."

"휴우… 다행이다."

"얼마나 걱정했는지 알아?"

호선은 그들 세 사람의 행동을 잠자코 지켜보다가 가자기 샐쭉한 표정을 지었다.

"너희들 눈에 나는 아예 안 보이는 거야?"

철웅과 은초는 가시에 찔린 것처럼 움찔하더니 어정쩡한

표정과 몸짓을 지어 보였다.

"어… 괜찮은 거야?"

"저기… 다친 곳은 없어?"

누가 보더라도 억지가 덕지덕지 묻은 행동이었다.

호선은 냉랭하게 코웃음을 쳤다.

"그만 됐다! 그따위 억지 인사는 받지 않는 것만 못해!"

그 광경을 보던 호리는 지금이 서둘러야 하는 상황이지만 한 가지는 꼭 짚고 넘어가야겠다고 생각했다.

"호선아, 철웅과 은초가 왜 그런다고 생각하니?"

"왜긴? 내가 싫으니까 그러겠지!"

호선은 생각해 볼 것도 없다는 듯 내쏘았다.

"그렇지 않아. 나와 얘들하고는 친구 사이지만 너하고는 아니기 때문이야."

"무슨 소리야?"

호리는 담담한 표정으로 철웅과 은초를 가리키면서 조용히 물었다.

"호선 너, 얘들을 친구라고 생각해?"

호선은 대답하지 않았다. 아니, 못했다.

호리는 흐릿한 미소를 지으며 양손을 철웅과 은초의 어깨에 얹었다.

"우린 친구야."

더 이상의 말이 필요하지 않았다. '친구'라는 말 외에 무슨 설명이 더 필요하겠는가.

　호선은 말없이 호리와 철웅, 은초를 바라보았다. 그녀는 한 배에서 생활하는 동안 이들이 서로에게 얼마나 소중한 존재인지 잘 지켜봤었다.

　평소에 이들 세 사람은 서로를 때리지도, 욕하지도, 헐뜯지도 않았다.

　반면에 이들은 서로를 위하고, 걱정하며, 또 끊임없이 양보하는 것에 익숙해져 있었다.

　또한 이들은 서로를 위해서라면 목숨마저도 기꺼이 내놓을 수 있을 것 같았다.

　호선은 호리를 바라보았다.

　호리는 담담한 표정으로 그녀를 마주 바라보고 있었다.

　호선은 호리를 위해서라면 목숨조차 아까워하지 않을 것이다.

　그렇지만 철웅과 은초에게는 아니었다. 그들을 위해서 목숨을 바칠 이유가 없었다.

　호리는 호선이 생각에 잠긴 모습을 보면서 굳이 강요하려고 하지 않았다.

　그의 말을 잘 듣는 호선이라서 철웅과 은초와 친구가 되라고 하면 마지못해서 따르겠지만, 그것은 진심에서 우러나온 것이 아닐 터이다. 호리는 호선의 진심을 바라고 있었다.

문득 호선은 쓸쓸한 표정을 짓더니 몸을 돌려 선실 쪽으로 걸어갔다.

호리는 실망하지 않았다. 다만 아직은 시기가 아니라고 여길 뿐이었다. 그리고 지금은 그런 일이 아니더라도 할 일이 너무 많았다.

"서둘러! 어서 출발하자!"

호리는 철웅과 은초를 재촉한 후에 후갑판에 눕혀져 있던 세 구의 시체들을 강물로 집어 던졌다.

철웅과 은초는 수면에 잠시 떠 있다가 강물 속으로 빠르게 잠겨드는 시체들을 보면서 어처구니없는 표정을 지으며 어깨를 으쓱거렸다.

그 시체들 때문에 여태까지 오두방정을 떨었던 일은 아마도 두 사람의 기억에 오랫동안 남아 있을 것 같았다.

第二十六章
옥선후(玉仙后)

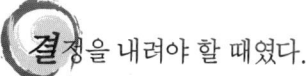

결정을 내려야 할 때였다.

호리는 지금 상황에 대해서 철웅과 은초에게 간략하게 설명을 해주었다.

그러나 설명할 것은 그리 많지 않았다.

누군가 호선을 끈질기게 죽이려고 한다는 것.

그들이 열두 개 청부조직들을 움직여서 현재 맹추격을 하고 있다는 것.

그것뿐이었다. 사실 호리와 호선은 그것밖에는 아는 것이 거의 없는 상태였다.

철웅과 은초는 난데없는 사실에 큰 충격을 받았는지 한동안 말이 없었다.

"그럼… 당도현에서 구사문이 우릴 죽이려고 했던 것도 같은 이유에선가?"

은초가 당도현에서의 끔찍했던 일을 떠올리면서 눈살을 찌푸리며 물었다.

"아마도 그럴 가능성이 크다."

처음에 호리는 자신들이 항주성에서 복사파 염복 일당을 죽이고 돈을 탈취했기 때문에 구사문이 추격하는 것을 당연하다고 생각했었다.

그런데 직접 마주치자 그들은 그 일에 대해서는 일언반구도 없이 무조건 호선만 내놓으라고 요구하든가, 아니면 그녀를 죽이려고 혈안이 됐다.

그리고 바로 오늘 아침에 야귀방의 일이 벌어진 것이다. 그로 미루어 호선의 목숨을 노리는 청부자가 고용했다는 열두 방파에 구사문도 포함되어 있을 것이라고 짐작하는 것은 지나친 일이 아닐 것 같았다.

"계획은 있어?"

다시 은초가 물었다. 묻는 일은 거의 은초가 한다. 그러나 어떻게 할 것인지에 대해서는 묻지 않는다.

생각을 하는 것이든 그 무엇이든 은초는 호리를 능가하지 못하기 때문이다.
"응."
호리의 짧은 대답에 은초는 고개를 끄덕였다.
"좋아. 그럼 그대로 실행해. 우린 따를 테니까."
무슨 계획이냐고도 묻지 않는다. 호리를 믿기 때문이다.

호리궁은 장강 상류를 향해 네 개의 돛을 다 올리고 바람처럼 빠르게 쏘아가고 있는 중이다.
철웅은 우뚝 서서 전면을 주시한 채 타주를 굳건히 잡고 있고, 바닥에는 호리와 은초가 서로 마주 본 채 앞으로 호리궁이 진행할 항로에 대해서 의논하고 있었으며, 호선은 철웅 옆에서 그와는 반대 방향으로 서서 활차에 등을 기댄 채 호리를 굽어보고 있었다.
호선의 눈동자가 가볍게 흔들리고 있다.
그녀는 자신이 누군지도 모르는 상태에서 알지도 못하는 자들에게 쫓기고 있는 상황이다.
그러나 구사문이니 야귀방을 비롯한 열두 방파 따위는 단지 사냥개일 뿐이고, 그 뒤에 더 크고 강력한 존재들이 웅크리고 있다는 사실을 그녀는 본능적으로 느낄 수 있었다.
따지고 보면 호리는 그녀 자신의 일과 아무런 상관도 없다.
아니, 오히려 그는 호선에게 이루 설명할 수 없을 만큼의 큰 은혜를 베풀어주었다.

그런 호리에게 은혜를 갚지는 못할망정 그를 위험한 일에 빠뜨릴 수는 없는 일이다.

결과를 예측할 수는 없지만, 행운이 따라주기보다는 불행을 당할 확률이 더 크다는 것을 호선은 어렴풋이나마 감지할 수가 있었다.

더구나 호리는 사부를 찾고 사매를 구하러 한시바삐 낙양으로 가야만 하는 처지다. 지체한다면 천추의 한을 남기게 될지도 모르는 일이다.

결정을 내려야만 한다. 바로 지금.

"난 떠날 거야."

은초와 얘기를 나누고 있던 호리는 호선의 말을 제대로 듣지 못했다.

아니, 듣긴 했지만 호선이 그렇게 말할 리가 없기 때문에 잘못 들은 것이라고 여겼다. 호리는 호선을 쳐다보면서 의아한 표정을 지었다.

"뭐라고 그랬지?"

호선은 냉정한 표정을 지으려고 애쓰면서 말했다.

"호리궁을 떠날 거야. 나 혼자서."

호리는 그녀의 말과 표정에서 장난이 아니라는 것을 느끼고 벌떡 일어섰다.

"무슨 소리야? 혼자 어딜 간다는 거야?"

"나는 뭐 갈 곳이 없는 줄 알아?"

호선은 일부러 차가운 표정에 쌀쌀한 어조로 낮게 외쳤다.

호리는 혹시 호선이 기억을 되찾았나 싶어서 그녀의 얼굴을 빤히 주시했다.

그녀는 일부러 냉정하려고 애쓰는 표정이 역력했다. 그녀와 거의 두 달 동안이나 한 몸처럼 붙어 지낸 호리가 그것을 모를 리가 없다.

"어디로 갈 건데?"

"그곳은……."

호선이 대답할 리가 만무했다. 그녀가 알고 있는 장소는 호리궁뿐이고, 알고 있는 사람은 호리뿐이었다.

호리가 자세를 바로하고 정면에서 똑바로 쳐다보자 호선의 얼굴이 크게 흔들렸다.

"하여튼 여길 떠날 거야."

그러자 그녀는 툭 쏘듯이 말하며 선실을 뛰쳐나갔다.

호리는 급히 그녀를 뒤따라 나갔다.

"그만둬! 호선아!"

그러나 호리는 그녀를 잡지 못했다.

호리가 선실 밖으로 나왔을 때 호선은 이미 강가를 향해서 강 위를 화살처럼 쏘아가고 있었다.

옥선후(玉仙后) 103

"호선아! 돌아와!"

호리는 난간 가에서 두 손을 둥글게 모아서 입에 대고 크게 외쳤다.

하지만 호선은 뒤도 돌아보지 않았으며 눈을 몇 번 깜빡거리는 사이에 강가에 도착하는가 싶더니 금세 시야에서 사라져 버렸다.

호리는 망연자실한 얼굴로 호선이 사라진 강가 쪽을 하염없이 바라보았다. 너무도 갑작스럽게 벌어진 일이라서 미처 실감이 나지 않았다.

"철웅아! 빨리 강가에 배를 대라!"

그는 철웅에게 소리치면서도 강가에서 시선을 떼지 않았다.

"나쁜 계집애! 호리가 그처럼 정성껏 돌봐줬는데 훌쩍 떠나 버리다니, 은혜도 모르는 년이로군!"

호리 옆에 선 은초가 눈을 세모꼴로 만들며 욕을 퍼부었다.

"그게 아니다. 호선이 이곳에 있으면 우리까지 위험해지기 때문에 갈 곳도 없으면서 무작정 떠난 것이다."

"……."

그러자 은초는 말문이 막혀 버렸다. 호리의 말을 듣고 보니까 과연 그랬다.

뒤늦게 곰곰이 생각을 해보니까 기억을 잃은 호선이 호리 곁을 떠날 하등의 이유가 없었다.

쏴아아―

철웅은 능숙하게 뱃머리를 돌려 강가로 빠르게 쏘아갔다.

호리궁이 강변을 사 장여쯤 남겨 놓았을 때, 호리가 선수에서 번쩍 신형을 날려 단숨에 뭍에 내려섰다.

아니, 그는 발이 땅에 닿자마자 호선이 사라진 방향으로 쏜살같이 쏘아가며 소리쳤다.

"너희는 호리궁을 다시 강 복판으로 몰고 가서 기다리고 있도록 해!"

은초는 멀어지는 호리를 보면서 놀라움을 금치 못했다.

호리가 사 장이나 되는 먼 거리를 몸을 날려 단숨에 날아가는가 하면, 육지에서 달리는 속도가 말이 달리는 것보다 더 빠른 것을 목격하고 충격을 받은 것이었다.

쿵!

그때 배의 선수 아랫부분이 뭍에 닿으며 그 충격으로 은초의 몸이 크게 흔들렸다.

"뭘 하고 있어? 어서 배를 밀어내!"

철웅의 급한 외침을 듣고서야 은초는 난간 아래에 항상 비치해 두는 긴 삿대를 재빨리 집어 들고 길게 뻗어 강 언덕을 힘껏 밀어냈다.

호선이 호리궁을 떠나 산속을 일각쯤 달렸을 때, 최초로 그녀를 발견한 인물이 있었다.

그는 호선을 죽이려고 하는 청부자에 의해서 고용된 열두 개 방파 중 임리살부(淋漓殺府)에 속한 자였다.

임리살부는 무림에서 매우 유명하며 가장 잔인한 살수 조직 중 하나로 손꼽힌다.

또한 무림에서 임리살부의 살수들은 '임리살수(淋漓殺手)'라는 고유의 이름으로 불린다.

그 임리살수 한 명이 우연히 호선을 발견한 것이다.

만약 호선이 호리와의 이별 때문에 극도의 혼란과 고통에 빠진 상태가 아니었다면, 먼저 발견된 사람은 그녀가 아니라 임리살수였을 것이다.

청부자에게 고용된 열두 방파들은 호선을 추적하는 공동의 목표를 갖고 있는 처지기는 하지만, 사실상 서로에 대해서는 철저하게 배타적이었다.

만약 그들이 사리사욕을 버리고 서로 긴밀하게 협력하여 호선을 추적하는 과정에서 얻은 단서와 정보를 공유한다든지, 공동으로 포위망을 펼쳐 추적했더라면, 호선과 호리 일행은 지금보다 훨씬 이전에 위험한 상황에 직면하게 됐을지도 모르는 일이었다.

그러나 호선을 죽일 경우의 상금이 무려 황금 십만 냥이고,

청부자가 당도할 때까지 그녀를 단지 붙잡고 있기만 해도 황금 오만 냥을 벌어들일 수 있는 엄청난 돈벌이 앞에서 자신들이 어렵게 얻은 단서와 정보를 다른 방파와 공유한다는 것은, 그들로서는 말도 되지 않는 일이었다. 그것은 포상금을 포기한다는 뜻이나 마찬가지였다.

공유하는 방파끼리 목적을 이루었을 경우에 서로 상금을 나누자고 백 번 천 번 약속을 해봤자 그것을 믿을 사람도 지킬 사람도 없기 때문이다.

이들이 약속을 잘 지키는 자들이었다면 애당초 이런 청부 조직 같은 것을 만들지도 않았을 터이고, 올바른 방법으로 생업에 종사했을 것이다.

현재로선 열두 방파 중에서 며칠 전 당도현에서 호리 일행을 제일 먼저 발견했었던 구사문과 불과 몇 시진 전에 호리와 호선에게 엄청난 피해를 입은 야귀방이 가장 직접적이고도 확실한 단서를 확보한 상태였다.

원래 구사문의 하오문도 중에 중간 급 우두머리 한 명이 야귀방에 매수되어 있었다.

그자가 당도현에서 벌어졌던 일을 야귀방에 자세하게 알려주었고, 일개 하오문인 구사문보다는 기동력 면에서 훨씬 뛰어난 야귀방이 구사문을 훨씬 앞질러 호리궁을 추격했다가 얼마 전에 된통 쓰디쓴 맛을 보았던 것이다.

현재 호리궁을 추적하는 열두 방파들은 수백 리에 걸쳐서 날개를 활짝 펼친 거대한 학의 형세를 취한 채 서서히 이동하고 있는 중이다.

불과 몇 시진 전에 호선을 놓친 야귀방이 호리궁과 가장 가까운 위치인 학의 부리에, 그다음에 구사문이 목 부위, 나머지 열 방파들이 양 날개와 몸통, 그리고 뒤로 곧게 뻗은 다리에 해당한다.

사실 호선에 대해서 가장 근접한 정보를 지니고 있는 야귀방과 구사문 두 방파가 추적대 전체를 이끈다고 해도 과언이 아닌 상황이었다.

나머지 열 개 방파는 아직까지도 호선의 그림자조차 본 적이 없는 상태다.

그런데 그들 중에 눈치 빠른 세 개 방파가 야귀방과 구사문의 움직임이 심상치 않음을 간파하고 들키지 않게 조심조심 그 뒤를 따르면서 학의 몸통을 형성하고 있다.

그리고 나머지 일곱 개 방파는 자신들을 고용한 청부자로부터 간단한 정보를 하달받아 학의 양 날개와 두 다리 지점을 형성한 상태에서 추적하고 있는 중이었다.

물론 청부자가 일곱 개 방파에 하달한 정보는 구사문과 야귀방으로부터 보고받은 내용이다.

두 방파는 청부자에게 호선을 발견했음을 보고하여 이미

포상금조로 금 일만 냥씩을 확보해 놓은 상태였다.

청부자는 자신이 고용한 열두 방파 중에서 도태되는 방파가 생기는 것을 원치 않으며, 그들 전체가 고르게 호선을 압박하기를 원하고 있다.

호리궁을 추적하고 있는 열두 방파가 이루고 있는 대학지세(大鶴之勢)의 부리에서 발끝까지의 거리는 백오십여 리. 펼쳐진 날개 끝에서 끝까지는 이백여 리에 달했다.

열하루 전, 청부자는 구사문으로부터 당도현에서 호선을 발견했던 경위를 자세히 보고받고 그것을 열한 개 방파에게 알려주었다.

구사문이 당도현에서의 일을 청부자에게 보고하고, 청부자가 다시 그 정보를 열한 개 방파에게 알려준 데 소요된 시간은 하루하고도 반나절이다.

구사문은 일부러 하루 늦게 보고를 했다. 호선을 발견한 데에 따른 포상금으로 금 일만 냥을 챙기되, 자신들이 다른 열한 개 방파들보다 훨씬 앞서나가기 위한 꼼수였다.

그러므로 구사문과 야귀방은 다른 방파들에 비해서 최소한 하루에서 하루 반나절 거리를 앞서 있는 것이었다.

그런데 호선이 느닷없이 호리궁을 떠나는 변수가 발생했다.

그것은 청부자도, 열두 방파도 전혀 예상하지 못했던 일이다.

 호리궁을 떠난 호선이 동쪽으로 일직선을 그으며 쏘아간 앞쪽에는 대학지세의 왼쪽 날개 끝 부분이 있었다.

 그리고 그곳에는 임리살부가 있었다.

 호선을 발견한 임리살수는 척후(斥候)였다. 그의 오 리 뒤에는 칠십 명의 임리살수들이 일정한 대오를 갖춘 채 규칙적인 속도로 달려오고 있는 중이다.

 척후 임리살수는 호선을 발견한 즉시 몸을 숨기고 호흡을 멈춘 채 그녀가 지나가기를 기다렸다.

 호선이 시야에서 완전히 사라졌다고 판단한 그는 즉시 자신들만의 비밀스러운 방법을 사용하여 호선이 나타났다는 사실과 그녀가 가고 있는 방향을 동료들에게 알렸다.

 호리궁을 떠난 호선은 이각 동안 쉬지 않고, 그리고 한 번도 뒤를 돌아보지 않은 채 달리고 또 달렸다.

 숲을 지나 내를 건너고 또 산을 넘어서 족히 삼십여 리는 달렸는데도 멈추지 않았다.

 호리라면 분명히 따라올 것이라는 생각을 하고는 있지만, 아마도 지금쯤 종적을 잃고 무작정 사방을 헤매고 다닐 것이라고 짐작했다.

 그가 어떤 모습, 어떤 심정으로 호선 자신을 찾아 헤맬는지 눈에 선하게 떠올랐다.

호리가 호선에 대해서 알고 있는 것처럼, 호선도 그에 대해서 잘 알고 있었다.

그는 호선이 떠나간 것을 진심으로 아파하고 또 슬퍼할 것이 분명했다.

호선은 이것이 호리와의 영원한 이별이라고 생각했다.

그렇다, 이별.

'나 떠날게' 하고 담담한 어조로 말할 때에는 추호도 염두에 두지 못했던 일이었으므로 그것이 어떤 느낌일지는 아예 생각조차 하지 못했었다.

그냥 호리 곁을 훌쩍 떠나기만 하면 모든 것이 다 원만하게 해결되는 줄로만 알았었다.

그러면 나는 혼자가 되어 많이 외롭고 또 불편하겠지만, 반면에 호리는 안전할 것이라고 판단했었다.

그런데… 정말이지 이렇게 아플 줄은 몰랐다.

호리 곁을 떠난 지 불과 이각밖에 지나지 않았는데도 불구하고 미쳐 버릴 것만 같았다.

아마도 이제부터는 죽을 때까지 호리를 볼 수 없다는 사실 때문일 것이다.

희한하게도 이별이 주는 고통은 시간이 흐를수록 더 아팠다.

아니, 아픔뿐만이 아니었다. 견딜 수 없는 갈증을 느끼기도 했고, 쇠사슬로 온몸을 칭칭 동여 묶은 듯 숨이 막혔다.

그것도 아니었다. 묶음이 아니라 해체였다. 온몸이 조각조각 찢어지며 터져 나가는 것만 같았다.

'도대체 이따위 것이 다 뭐란 말이야!'

호선은 속으로 악을 쓰며 더욱 빨리 달렸다.

속에 불덩어리가 들어 있어서 몸을 태워 버려 한 줌의 재로 만들어 버리고 있는 것 같았다.

세상에 존재하는 온갖 종류의 고통과 아픔이 이 순간 자신의 몸과 마음과 정신 속에서 우글거리는 듯했다.

우우우—!!

호선은 견딜 수 없는 괴로움에 허공을 바라보면서 봉황후를 길게 터뜨렸다.

그녀는 이 순간만큼은 자신이 쫓기고 있다는 사실마저도 잠시 잊고 있었다.

숲 속을 헤매던 호리는 동쪽 방향 먼 곳에서 길게 울려 퍼지는 귀에 익은 호선의 봉황후를 들었다.

봉황후를 듣는 순간 그는 왠지 가슴이 찌르르하면서 걷잡을 수 없는 슬픈 감정이 솟구쳤다.

그는 호선이 슬퍼하고 있는 것을 느꼈다. 슬퍼하면서도 그녀는 떠나고 있는 것이다.

 그녀가 떠나려고 마음만 먹으면 호리 자신의 능력으로는 도저히 붙잡을 수 없다는 사실을 잘 알면서도, 그는 봉황후가 들려온 곳을 향해 전력으로 신형을 날렸다.

 냉정하게 생각하면, 어쩌면 이것이 호리에겐 제 궤도를 찾을 수 있는 기회일 수도 있었다.

 전혀 예기치 않았던 호선과의 이별 때문에 마음이 많이 아프고 또한 그녀의 앞날이 염려가 되긴 하지만, 어차피 자신과 그녀는 갈 길이 다르다고 마음을 굳게 먹고 이쪽에서 돌아선다고 해도 그를 나무랄 사람은 아무도 없을 터이다.

 사실 그는 호선에게 할 만큼 했다. 아니, 그 이상이었다.

 지금 호리궁으로 돌아가 훌훌 다 털어버리고 낙양으로 출발하면 그만인 것이다.

 두어 달 동안 홍역을 앓았다 여기고 낙양으로 가서 사부를 찾고, 또 사매를 구해서 산동 봉래현으로 돌아가는 것이 호리 본연의 할 일이며 의무가 아니던가.

 사부를 찾고 사매를 구해야 하는 것에는 원래 충분하고도 당연한 이유가 있다.

 그러나 지금 호리가 호선을 찾아 헤매고 있는 것에는 마땅한 이유가 없었다.

 그렇지만 이유가 있는 것이, 이유가 없는 것보다 언제나 우선시되고 또 중요한 것만은 아니다.

이유가 없기 때문에, 그리고 설명할 수 없기 때문에 포기할 수 없는 일도 있는 것이다.

호리궁을 추적하던 대학지세에 일대 변화가 벌어졌다.

방금 들려온 길고도 슬픈 봉황후 때문이었다.

봉황후에는 심후한 공력이 실려 있어서 능히 오십여 리 밖에서도 들을 수 있었다.

그녀가 봉황후를 터뜨린 지점은 대학지세의 왼쪽 날개 끝으로 진입하면서였으며, 임리살부의 본진(本陣)과 마주치기 직전이었다.

봉황후가 터져 나온 곳에서 반경 오십여 리 이내에 있던 대학지세의 왼쪽 날개와 몸통, 그리고 다리를 이루고 있는 다섯 방파가 봉황후를 듣고 즉시 그쪽으로 방향을 바꾸었다.

'호리……'

그 이름만이 끊임없이 입속에서 맴돌았고, 호리의 모습만이 눈앞에 삼삼하게 떠올랐다.

도저히 떨쳐 버릴 수가 없었다. 호선은 마치 자신이 태어나면서부터 호리와 함께 살아왔다는 착각마저 느꼈다.

기억을 잃은 그녀가 기억하고 있는 것은 호리와 지낸 두어 달뿐이므로 당연한 일이었다.

쉬이이—

그 순간 바람처럼 쏘아가고 있는 호선의 전후좌우의 지상과 허공에서 미약한 음향과 함께 날카로운 여러 줄기의 예기가 느껴졌다.

예기는 무려 삼십여 개였으며, 하나같이 호선의 온몸 급소를 노리고 있었다.

이곳에는 임리살부의 부부주(副府主)가 임리살수 칠십 명을 이끌고 있었다. 임리살부 전체의 삼분지 일에 해당하는 막강한 전력이었다.

부부주는 최전방 척후가 보내온 급전(急傳)을 받은 즉시 계획을 세웠다.

상대는 지금보다도 어린 나이에 살성이라고 불렸으며, 당금 무림에서 초절고수(超絶高手)라고 불리고 있는 몇 안 되는 인물들 중에 한 명이다.

그러므로 상식적인 방법으로는 결코 죽일 수 없을 것이다.

그래서 부부주는 가장 이상적인 합격(合擊)을 궁리해 냈다.

그의 목적은 청부자가 올 때까지 표적을 붙잡고 있는 것이 아니라 죽이는 것이었다.

비록 표적이 초절고수지만 임리살부는 무림에서도 내로라

는 살수 조직 중에 하나다. 그래서 부부주는 이번 모험은 한 번 해볼 만하다는 판단을 내렸다.

 자신을 비롯한 칠십 명의 임리살수들을 삼 개 조(組)로 나누어 최초의 합격에 삼십 명. 이차, 삼차에 각 이십 명씩 사면팔방의 지상과 허공에서 숨 쉴 틈을 주지 않고 연이어 공격하기로 계획을 세웠다.

 원래 살수가 표적을 공격할 때에는 단독으로 행하는 것이 기본이다.

 상대가 고수일 경우에 한해서 두세 명, 많게는 다섯 명까지 합격을 하는 예가 드물게 있기는 하지만, 그보다 더 많은 인원을 투입해야만 하는 경우에는 아예 살행(殺行) 자체가 성립되지 않기 때문에 포기하고 만다.

 그것이 살수들의 세계인 살명계(殺命界)의 암묵적인 전통이며 불문율인 것이다.

 많은 살수들을 투입하게 되면 암습이 아니라 패싸움이 되고, 얻는 것보다는 잃는 것이 많기 때문이다.

 살수 조직들은 통상적으로 살수 한 명의 가치를 은자 천 냥으로 치고 있다.

 임무 수행 중에 여러 명의 살수를 잃어 그 손실이 청부금보다 많아지면, 그 살행은 하지 않은 것만 못하게 된다.

 그래서 살수 조직들은 성공 가능성이 분명하거나 높은 청부만 맡는 것을 원칙으로 한다.

부부주는 이번 살행에서 자신이 이끌고 온 칠십 명을 모두 잃고서라도 표적을 죽일 수만 있다면, 막대한 이득이 남는다는 계산을 한 것이다.

그는 이번 급습의 성공 확률을 절반으로 내다보았다.

원래 그 정도 확률이면 급습을 감행하지 말아야 한다.

하지만 황금 십만 냥의 유혹이 너무 컸다.

부부주가 최초의 합격에 삼십 명을 투입한 이유는, 처음에 상대에게 치명타를 안기려는 의도였다.

불행하게 최초의 공격자 삼십 명을 모두 잃더라도 표적이 치명적인 부상을 입게 된다면, 그다음은 한결 수월할 것이기 때문이다.

그리고 마침내 임리살부 최초의 연합공격이 시작됐다.

표적의 전후좌우와 허공에서 삼십 명의 살수들이 일제히 허공을 쏘아가는 데에도 추호의 파공음도 일지 않았으며, 공격선(攻擊線)이 겹치지도 않았고, 그들이 노리는 표적의 급소가 중복되지도 않았다.

추적이나 암습 같은 것은 추호도 생각하지 않은 채 괴로움에 휩싸여 달리고 있던 호선은 최초의 흐릿한 음향을 듣고서야 임리살수 삼십 명이 자신의 삼 장 근처까지 쇄도한 것을 발견하고 가볍게 움찔했다.

전면에서 공격해 오는 십여 명의 임리살수들은 삼 장 거리의 나무 뒤와 나뭇가지 위에 은신해 있다가 느닷없이 쏘아왔기 때문에 다른 곳에 정신을 팔고 있던 호선이 감지하지 못했던 것이다.

  쐐애애액!

  임리살수 삼십 명의 찌르고 베어오는 삼십 자루의 예리한 검은 호선의 이 장 이내에 이르러서야 고막을 갈가리 찢을 듯한 파공성을 터뜨렸다.

  사면팔방에서 쏘아온 삼십여 명의 임리살수들이 호선을 완전히 뒤덮어서 그녀의 모습이 한순간 시야에서 완전히 사라져 버렸다.

  암중에서 지휘하고 있는 부부주는 그 광경을 보면서 어쩌면 이번 일차 공격만으로 표적을 죽일 수 있을지도 모른다는 조심스러운 기대를 품었다.

  삼십 명의 임리살수가 일 장 이내까지 쇄도했는데도 호선이 피하지 못하고 있는 것을 확인했기에 그런 기대가 가능한 것이었다.

  이제 눈을 한 번 깜빡이는 촌각의 시간이 지나면 표적의 온몸이 난도질당하여 쓰러져 있는 모습을 보게 될지도 모르는 일이다. 아니, 기대는 거의 확신으로 변하고 있었다.

  부부주는 저런 식으로 표적을 완전히 감싼 상황에서 실패

한다는 것을 추호도 염두에 두지 않았다. 그의 오랜 경험은 이번 계획이 성공했다고 미리 알려주고 있었다.

삼십 자루의 검이 호선의 온몸 급소를 찌르고 베기까지 짧으면 한 자, 길어야 두 자 남짓 남겨둔 시점.

그때 시간이 정지했다.

보통의 무림 고수들에게는 눈을 한 번 깜빡이는 시간은 단지 '촌각(寸刻)'이라는 의미 이상은 없다.

그러나 초절고수에게는 그 '촌각'을 정지시킬 수 있는 능력이 있다.

물론 신이 아닌 이상 어찌 시간을 정지시킬 수 있겠는가.

다만 보통의 무림 고수들보다 그 '촌각'의 시간을 훨씬 길고도 값지게 활용하는 능력이 있다는 의미다.

삼십 명의 임리살수들은 시간이 정지된 것을 생생하게 목격하고 또 실감했다.

왜냐하면, 자신들의 검 삼십 자루가 호선의 온몸 급소를 한 자 내지 두 자쯤 남겨둔 상황에서 그녀의 두 손과 두 발, 아니, 온몸 전체가 보이지 않을 정도로 흐릿하게 번개같이 움직였기 때문이다.

그때 삼십 명의 임리살수들은 똑같이 느꼈다. 자신들은 멈춰 있는데 호선 혼자만 움직이고 있다는 사실을.

그것은 시간이 정지한 것이나 다름이 없는 현상이었다.

퍼퍼퍼퍼퍽!!

간단없는 둔탁한 음향이 터지는 것과 동시에 삼십 명의 임리살수들이 모조리 튕겨져 날아갔다.

누가 먼저고 누가 나중이라고 따질 것도 없이, 모조리 한순간에 튕겨졌다.

그것은 마치 호선이 삼십 개의 주먹으로 삼십 명의 임리살수들을 동시에 가격한 것 같은 착각을 불러 일으켰다.

부부주는 한순간 온몸이 얼어붙었고 호흡도 멈추었다.

그의 시선은 혼자 우뚝 서서 날카롭게 주위를 훑어보고 있는 호선에게 고정되어 있었다.

'옥선후(玉仙后)가 이 정도였다니…….'

그는 무림에 떠도는 옥선후에 대한 소문이 형편없이 잘못됐다는 사실을 이 순간에 뼈저리게 깨닫고 있었다. 실제의 옥선후는 소문보다 서너 배 이상은 더 고강했다.

부부주의 예상은 여지없이 박살났다.

표적을 죽일 가능성이 절반쯤은 될 것이라는 처음의 예상도, 눈 한 번 깜빡이는 순간이 지나고 나면 온몸이 난도질당한 채 죽어 있을 표적을 보게 될 것이라는 기대감도 한낱 남가일몽일 뿐이었다.

그는 초절고수가 왜 초절고수인지 목숨이라는 대가를 치르는 순간에야 깨달을 수 있었다.

그가 생전에 마지막으로 본 것은 엄폐물 뒤에 숨어 있는 자신을 향해 빛처럼 쏘아오는 호선, 아니, 초절고수 옥선후의 모습이었다.

第二十七章
청부자(請負者)

一擲賭乾坤

호리는 봉황후가 들려온 곳으로 짐작되는 숲 속 어느 지점에 멈춰서 급히 주위를 두리번거렸다.

그러나 어디에서도 호선의 모습은 보이지 않았다.

"호선아……."

그의 귓전에는 조금 전에 들었던 애간장을 끊는 것 같은 봉황후의 여운이 아직도 생생하게 남아 있어서 가슴이 더욱 타 늘어갔다.

호리는 잠시 호흡을 가라앉힌 후 공력을 극한으로 끌어올려 청력을 극대화시켰다.

그렇지만 바람 소리, 계류가 흐르는 소리, 산새들이 지저귀는 소리 외에는 아무것도 들려오지 않았다.

사실 현재의 호리가 공력을 끌어올려 외부의 소리를, 특히 사람의 목소리를 감지하는 능력, 즉 청취력(聽聚力)의 한계 거리는 십여 리가 고작이다.

그러니 목소리보다 훨씬 작은 소리인 파공음 같은 것의 한계 거리는 더욱 좁을 것이다.

이 갑자 공력을 지니고 있다면 아무리 못해도 삼십여 리 이내의 소리를 청취해야 마땅하다.

그렇지만 그것은 제대로 된 고도의 청취수법을 사용했을 경우에 한해서이다.

호리는 그런 방법을 배운 적이 없기 때문에 이 갑자라는 무시할 수 없는 공력을 지니고 있으면서도 청취에 있어서 만큼은 실력을 제대로 발휘하지 못하는 것이다. 하지만 그 자신은 그런 사실을 전혀 알지 못했다.

그는 잠시 더 그 자리에서 주위의 소리를 청취하다가 아무런 소득도 건지지 못하고 이윽고 공력을 거두었다.

호선을 더 찾고 싶지만 이 넓은 산속에서 어디로 가야 할지 막막하기만 했다.

또한 두고 온 철웅과 은초가 걱정됐다. 평소 같으면 신경을 쓰지 않겠지만, 지금은 열두 방파가 호선을 찾기 위해서 혈안이 된 상황이 아닌가.

그들 중에 호선이 호리궁에 있다는 사실을 알고 있는 방파도 있으니 아무리 호리궁을 강 복판에 띄워놓았다고 해도 오래 방치해 두는 것은 위험한 일이었다.

"휴우……."

호리는 허공을 응시하다가 긴 한숨을 토해내고는 무거운 발길을 돌릴 수밖에 없었다.

천여 명에 달하는 추적자들은 얼어붙은 것처럼 그 자리에서 움직일 줄을 몰랐다.

그들은 호선의 봉황후를 듣고 몰려온 대학지세의 왼쪽 날개와 몸통 부위에 해당하는 다섯 방파였다.

그들은 커다란 원을 형성하고 있었는데, 복판에 수십 구의 시체들이 여기저기 어지럽게 널브러져 있는 광경을 둘러보면서 마른침을 삼키고 있었다.

시체는 도합 칠십 구였으며, 바로 임리살부의 부부주와 임리살수들이었다.

다섯 방파의 수하들은 칠흑 같은 흑의에 붉고 넓적한 요대(腰帶:허리띠), 그리고 왼쪽 가슴에 붉은색의 칼날을 수놓은 특이한 복장을 한 임리살수들을 한눈에 알아보았다.

그들 다섯 방파는 자신들보다 훨씬 강한 임리살수들의 떼

죽음을 보면서 경악하고 있는 것이었다.

무림인들이 통상적으로 고강하다고 여기는 고수의 수준은 말로써 충분히 설명이 가능한 인물을 가리킨다.

무림의 기준으로 볼 때 임리살수들은 중상(中上)에 속한다.

그러므로 중하(中下)나 중중(中中)에 속하는 이들 다섯 방파 인물들이 임리살수들의 떼죽음을 보고 기가 질리는 것은 당연한 현상이었다.

지금 이들이 공통적으로 느끼고 있는 감정은 극도의 공포와 무력함이었다.

잠시의 시간이 흘렀지만 어느 방파도 먼저 선뜻 호선, 아니, 옥선후를 추격하려고 나서지 않았다.

공포는 전염성이 빠르다. 그리고 역설적이지만 혼자나 소수일 때보다 다수일 때 더 강하게 파급되고 작용한다.

그때 다른 방파들이 속속 당도했다. 그러더니 그들도 먼저 이곳에 있던 다섯 방파들과 비슷한 반응을 보였다.

하지만 뒤늦게 당도한 방파들은 잠시 후 앞 다투어 그곳을 떠나 옥선후를 추격하기 시작했다.

그들은 최초의 다섯 방파들보다 충격을 덜 받았다.

최초의 다섯 방파들이 본 것은 참담하게 죽어 있는 칠십 구의 임리살수들 시체뿐이었지만, 뒤늦게 당도한 방파들은 시체와 그것을 보고 겁에 질려 있는 다섯 방파들을 동시에 목격한 것이다.

원래 무엇을 보았느냐는 것은, 어떤 감정을 느끼느냐로 직결되는 법이다.

최초의 다섯 방파들은 공포와 무력함을 느꼈었다. 그리고 뒤늦게 당도한 방파들 역시 공포를 느낀 것은 같았다. 그러나 그들은 무력함을 느끼는 대신에 이것이 '기회'라는 판단을 내린 것이 달랐다.

임리살수들 칠십 명과 맞붙어 싸웠다면 옥선후도 무사하지 못할 것이라고 생각한 것이며, 경쟁자인 다섯 방파가 넋을 놓고 있을 때 자신들이 부상당했을지도 모르는 옥선후를 죽여야겠다고 판단한 것이다.

그러나 빠르고 늦은 순서의 차이는 있겠지만, 결국 최초의 다섯 방파들도 다시 추격에 합류하게 될 것이다.

옛말에 이르기를, '흰 술은 사람의 얼굴을 붉게 만들고[白酒紅人面], 황금은 사람의 마음을 검게 만든다[黃金黑人心]'고 하지 않았던가.

호신은 또다시 바람처럼 쏘아가고 있었다.

십이 방파, 아니, 몰살당한 임리살부를 제외한 십일 방파 중에서 경공으로 그녀를 따라잡을 자들은 단 한 명도 없었다.

다만 한 시진 전에 대학지세의 다리에 해당하는 지점에서 서쪽으로 이동하고 있던 한 방파가 불행하게도 호선과 정면으로 마주치고 말았다.

물론 그 방파는 봉황후의 사정권 밖에 있었기 때문에 아무것도 모르는 상태에서 서진(西進)하다가 백오십 명 전원이 호선에 의해서 전멸을 당했다.

그로써 월인방(月刃幇)이라고 불렸던 그 방파는 영원히 무림에서 자취를 감추었다.

현재 호선은 대학지세를 백여 리 이상 완전히 벗어난 지점을 달리고 있었다.

현재의 그녀는 극심했던 호리와의 이별의 고통을 어느 정도 망각한 상태였다.

그녀를 가로막고 죽이겠다고 덤벼든 임리살부와 월인방 때문에 이별의 고통이 많이 가셔졌다.

그 대신 생전 처음 느껴보는 듯한 극도의 살심이 가슴속에서 활화산처럼 피어올랐다.

월인방을 괴멸시킨 후, 살심이 걷잡을 수 없이 더욱 치솟은 그녀는 더 죽일 자들이 없나 주위 삼십여 리 일대를 샅샅이 뒤졌지만 아무도 발견하지 못하고 다시 무작정 동쪽으로 질주하고 있는 중이었다.

그녀가 동쪽으로 가는 이유는 호리궁이 서쪽에 있기 때문에 무조건 그 반대 방향으로 멀어져야 추적자들을 다른 곳으로 유인할 수 있다는 판단에서였다.
 지금 호선의 얼굴은 평소에 호리가 알고 있는 그런 모습이 아니었다.
 오늘 아침 야귀방도들을 죽일 때의 소름 끼칠 정도로 싸늘한 표정, 바로 그것이었다.

 '옥선후!'
 한 쌍의 눈동자가 잔뜩 부릅떠졌다.
 그 눈동자가 주시하고 있는 시선 끝에는 하나의 작은 흰 점이 쏘아오고 있었다.
 삼백 장이 넘는 먼 거리. 더구나 작은 점은 나무 사이로 희끗희끗 보이는 정도였다.
 그러나 눈동자의 주인은 그 작은 점이 옥선후라는 사실을 한눈에 간파했다.
 눈동자의 주인은 그 즉시 근처의 한 그루 나무 뒤에 모습을 감추었다.
 그가 냉철한 성격의 소유자가 아니었다면 옥선후를 피한답시고 다른 방향으로 멀찌감치 쏘아갔을 것이다.
 만약 그렇게 했다면 십중팔구 옥선후의 이목에 감지되고 말았을 것이다.

방금 전에 그가 봤던 사람이 예전에 알고 있는 옥선후가 분명하다면 말이다.

그는 나무 뒤에 숨은 뒤에도 옥선후를 다시 한 번 육안으로 확인하느라 고개를 내미는 따위의 어설픈 행동은 절대 취하지 않았다.

다만 공력을 끌어올려 청력만으로 그녀의 기척을 감지하려고 애쓸 따름이었다.

하지만 추호의 파공성도, 기척도 감지할 수가 없었다. 그러므로 그녀가 지금 어디쯤 가고 있는지, 무엇을 하고 있는지 도무지 알 수가 없어서 긴장이 극에 달했다.

과연 옥선후였다. 만약 그녀의 파공음이나 기척이 감지됐더라면 오히려 그것이 더 이상한 일이었다. 천하의 옥선후가 파공음을 흘리면서 경공을 전개할 리가 없다.

눈동자의 주인공은 청력만으로 옥선후의 기척을 감지하려는 행위가 부질없다는 사실을 깨닫는 즉시 공력을 거두었다.

그는 열두 방파에 속해 있지 않으며, 그들을 고용한 청부자의 심복 중에 한 명이었다.

그의 무공 수위는 열두 방파의 우두머리들보다 최소한 세 배 이상 고강했다.

그렇지만 옥선후와 비교할 수 있는 정도는 아니었다. 모르기는 해도 그가 모시는 주군쯤 돼야 옥선후와 마주 설 자격이 있을 터이다.

　청부자는 원래부터 열두 방파들로서는 절대 옥선후를 죽이지 못한다고 단정하고 있었다.

　그는 다만 열두 방파들이 사냥개 노릇을 제대로 해주기만을 바라고 있을 뿐이었다.

　열두 방파들이 옥선후를 찾아내는 것. 조금 더 욕심을 낸다면 청부자 자신이 도착할 때까지 그들이 죽어가면서라도 옥선후를 붙잡고 있어주기를 원했다.

　어쨌든 청부자는 열두 방파를 이용하여 이번만큼은 옥선후를 제대로 만날 수 있을 듯했다.

　사실 청부자 일행은 대학지세의 다리 뒤로 삼십여 리 지점에서 열두 방파 전체를 총괄지휘하면서 뒤따르고 있었다.

　앞쪽에서 무슨 일이 발생하면 즉시 대처하기 위해서였다.

　나무 뒤에 숨어 있는 한 쌍의 눈의 주인은 청부자의 네 명의 심복 중에서 세 번째 인물로 뇌중검(雷重劍)이라는 별호를 갖고 있었다.

　뇌중검은 극도로 긴장한 상태에서 호흡마저 정지한 채 옥선후가 스쳐 지나가기만을 기다렸다.

　옥선후를 발견했다고 한시바삐 주군에게 재빨리 보고를 해야 하기 때문이었다.

　그의 계산으로는 옥선후 정도라면 삼백여 장 거리는 다섯 번 호흡하기 전에 지나칠 것이다.

 그러나 그는 만약의 사태에 대비하느라 그 두 배인 열 번 호흡하는 동안 충분히 기다린 후에 조심스럽게 나무 밖으로 얼굴을 내밀었다.

 "……."

 다음 순간 그의 얼굴이 경악으로 물들었다. 이처럼 대경실색하는 것은 난생처음일 것이다.

 그도 그럴 것이 그가 극도로 긴장한 채 얼굴을 살짝 내밀었을 때, 바로 그의 얼굴 앞에 이미 지나갔을 것이라고 믿었던 옥선후가 우뚝 서서 자신을 주시하고 있는 모습을 발견한 것이었다.

 뇌중검은 얼마나 놀랐는지 입에서 아무 소리도 흘러나오지 않았다. 심장이 멈춰 버린 것 같았고, 머릿속이 텅 빈 것처럼 멍했다.

 그는 입을 크게 벌리고, 찢어질 듯이 부릅뜬 눈으로 옥선후를 쳐다보고 있을 뿐이었다. 반 뼘 길이의 반백의 수염이 바르르 떨리고 있었다.

 잠시가 지나도록 옥선후, 아니, 호선은 아무 말도 하지 않고 예의 섬뜩한 표정으로 뇌중검을 바라보고만 있었다.

 그녀는 뇌중검이 여태껏 상대했던 열두 방파의 조무래기들하고는 복장과 기도가 전혀 다른 것을 한눈에 간파했다.

그래서 뇌중검이 열두 방파에 속하지 않고 청부자이거나 그 일행일 것이라고 직감했다.

또한 호선은 과거에 자신이 뇌중검을 만난 적이 있을지도 모른다는 가정을 해보았다.

그렇다면 뇌중검이 자신을 알아봤을 터이니, 섣불리 입을 열기보다는 그가 먼저 입을 열어 무슨 말을 하는지 들어보는 편이 현명하다고 판단했다.

잠시의 시간이 지나도록 호선은 여전히 입을 다문 채 빙정처럼 맑고 차디찬 눈으로 뇌중검을 주시하기만 했다.

그사이 뇌중검의 경악이 느리지만 조금씩 가라앉고 있었다. 그 대신 방금 전에 느꼈던 경악보다 훨씬 더 큰 공포가 파도처럼 엄습했다.

뇌중검 정도의 인물이라면 단지 죽는다는 사실이 두려워서 공포를 느끼지는 않는다. 지금 그가 느끼는 공포심은 상대적인 것이었다.

오직 무림의 거성(巨星) 옥선후의 면전에서만 맛볼 수 있는 공포였다.

"오…… 옥선후님."

한참만에야 뇌중검은 감히 호선을 쳐다보지도 못한 채 더듬거리며 갈라진 목소리를 흘려냈다.

'옥선후?'

호선은 표정의 변화 없이 속으로 중얼거렸다. 처음 듣는 생소하기 짝이 없는 이름이었다. 아니, 그것은 이름이 아니라 필경 별호일 것이다.

생소하든 어쨌든 호선은 '옥선후'라는 것이 자신을 가리키는 호칭일 것이라고 짐작했다.

그것이 확실하다면, 그녀는 기억을 잃은 후 최초로 과거 자신의 한 조각과 조우하고 있는 중이다.

호선은 어떻게 할까 망설이다가 계속 침묵을 지키고 있어야겠다고 결정했다.

눈앞에 서 있는 오십대 중반의 사내 얼굴에서 극도의 공포와 공손함을, 그리고 몸이 뻣뻣하게 경직되어 있는 것을 발견했기 때문이다.

모르긴 해도 '옥선후'라는 사람은 이 정도 인물에게도 공포를 안겨주고 극상의 예우를 받았던 것이 분명했다.

물론 호선은 자신이 '옥선후'라는 사실에 대해서 눈곱만큼도 현실감을 느끼지 못했다.

오히려 몸에 몹시 맞지 않는 옷을 입은 것처럼 심한 이질감마저 느껴졌다.

과거 옥선후의 총명함은 사해를 진동할 정도였다. 기억을 잃었다고 해서 옥토가 박토가 되지는 않을 터.

호선은 심리적인 면에서도 뇌중검을 완벽하게 압박하고

있는 중이었다.

"오… 랜만에 뵙겠습니다."

이윽고 뇌중검이 다시 메마른 어조로 입을 열었다. 오랜만에 뵙다니, 말을 해놓고 나서 그는 자신이 왜 그따위 쓸데없는 말을 했는지 후회했다.

하지만 이런 상황의 옥선후 면전에서 대체 무슨 말을 할 수 있겠는가.

"나를 아느냐?"

문득 호선이 나직이 말문을 열었다. 짓고 있는 표정보다 더 살벌한 목소리였다.

그렇지만 그녀는 그 목소리나 지금의 분위기가 낯설다는 생각이 들지 않았다.

호선은 상대가 자신을 알고 있다고, 그리고 만난 적이 있을 것이라고 판단했다.

그녀는 그가 자신을 알고 있는지의 여부 따위가 궁금한 것이 아니었다. 다만 그의 입을 통해서 자신의 신분을 알고 싶을 뿐이었다.

문득 호선은 뇌중검의 동공이 가볍게 흔들리는 것을 놓치지 않았다. 그 흔들림은 '물론 당신을 잘 알고 있습니다' 라고 말하고 있었다.

뇌중검은 호선의 질문에 말문이 막혔다. 예전에 그는 자신의 주군이 옥선후를 만나는 자리에 함께 있었다.

그것도 두 차례나, 그러므로 옥선후가 자신을 알아보지 못할 리가 없었다.

도대체 무슨 의도로 '나를 아느냐'고 물은 것인가? 뇌중검은 머리에 쥐가 날 것 같았다.

문득 그는 옥선후의 성격 중에 괴팍함이 있다는 사실을 어렵사리 기억해 냈다.

괴팍함이라는 잣대로 잰다면 인간의 어떤 괴이한 행동이라도 이해할 수 있을 터이다.

"물… 론 압니다."

뇌중검은 힘차게 고개를 끄덕였다.

그는 옥선후를 일 장 전면에 둔 상황에서 도망칠 수 있을 것이라고는 단 일 푼의 가능성도 기대하지 않았다.

또한 기적이 일어나지 않는 한 필경 자신이 오늘 이 자리에서 옥선후의 손에 죽임을 당할 것이라고 예상했다.

이미 죽음은 각오했다. 그러나 이대로 허망하게 죽을 수는 없었다.

옥선후가 이곳에 있다는 사실을 무슨 수를 써서라도 주군에게 알려야만 하기 때문이다. 그럴 수만 있다면 그는 가치있게 죽는 것이 된다.

"내가 누구냐?"

호선이 다시 똑같은 어조로 물었다. 과거의 그녀였다면 같은 질문을 반복하지 않겠지만 지금은 자신이 누군지 너무도 궁금했다.

뇌중검은 그녀가 자신을 쉽사리 죽이지 않고 엉뚱한 질문을 하고 있는 것을 고맙게 생각했다.

시간을 끌면서 어떻게 하면 옥선후의 존재를 주군에게 알릴 수 있는지 방법을 강구해야만 하기 때문이었다.

그는 옥선후가 정말 자신이 누군지 몰라서 방금 같은 질문을 하는 것이라고는 생각하지 않았다.

'내가 누군지 알면서도 감히 어줍지 않은 수작을 부리는 것이냐?' 라는 뜻으로 받아들였다.

"무림오황(武林五皇)의 한 분이시며 봉황궁(鳳凰宮)의 궁주이신 봉황옥선후(鳳凰玉仙后)이십니다."

뇌중검은 최대한 공손히 아뢰듯 대답했다. 하지만 고개를 숙이지는 않은 채 상체를 뻣뻣하게 약간 숙였으며, 호선에게서 시선을 떼지 않았다.

어느 순간에 그녀가 자신을 죽일지 모르기 때문이다.

그런 순간이 닥쳤을 때 피하거나 반격하기 위해서 그녀에게서 시선을 떼지 않는 것이 아니다. 최후의 단말마적인 비명이라도 크게 질러서 주군에게 자신의 죽음을, 아니, 옥선후의 존재를 알려야 하기 때문이었다.

뇌중검의 대답에 호선은 내심 적잖이 놀랐다. 물론 얼굴은 여전히 싸늘했다.

기억을 잃어 무림에 대한 어떤 상식도 갖고 있지 않은 그녀가 듣기에도 '무림오황' 이니 '봉황궁주' 라는 칭호는 결코 평범한 것 같지가 않았다.

그때 뇌중검은 호선의 시선이 허공으로 향한 채 생각에 잠긴 듯한 모습을 발견하고 눈을 빛냈다.

일순간 도주를 할 것인가, 아니면 어차피 죽을 몸, 암습이라도 해볼 것인가 갈등했다.

그러나 그는 그러지 못했다. 시간적인 여유는 충분했다. 그러나 마음의 여유가 부족했다.

상대는 그 존재를 생각하는 것만으로도 피를 말려 버릴 것 같은 옥선후인 것이다.

"너는 그만 가봐라."

"……."

호선이 허공을 응시하면서 중얼거리듯이 말하자 뇌중검은 자신의 귀를 의심했다.

그가 어리둥절한 얼굴로 조심스럽게 쳐다볼 때, 호선이 훌쩍 깃털처럼 가볍게 신형을 날려 북쪽 방향으로 바람처럼 쏘아가는 것이 아닌가.

뇌중검은 멀어지고 있는 호선을 귀신에 홀린 듯한 얼굴로 망연히 쳐다보았다.

그가 쳐다보고 있는 가운데 호선은 북쪽 수백 장쯤 쏘아가더니 이윽고 시야에서 사라져 버렸다.

그런데도 뇌중검은 발에 뿌리가 내린 듯 그 자리에서 한 발자국도 움직이지 못하고 있었다.

그녀가 사라지는 것을 자신의 눈으로 똑똑히 보고서도 자신에게 벌어진 일이 믿어지지 않았기 때문이다.

그는 어정쩡한 몸짓으로 천천히 주변을 둘러보았다. 괴괴한 적막만이 흐를 뿐 호선의 모습도, 어떠한 음모의 냄새도 맡아지지 않았다.

철썩!

눈을 껌뻑거리던 그는 갑자기 손바닥으로 자신의 뺨을 세차게 후려쳤다.

아픔이 조금도 느껴지지 않았다. 그렇지만 뺨을 만져 보자 손바닥 자국이 울퉁불퉁했다.

옥선후가 자신을 살려주고 떠났다는 놀라움 때문에 아픔조차도 느껴지지 않는 것이었다.

뇌중검은 주춤주춤 뒤로 물러났다.

쿵!

그러다가 발뒤꿈치가 낙엽 밖으로 드러난 나무뿌리에 걸려 엉덩방아를 찧었다.

그는 자신이 속한 문파에서나 무림에 꽤 대단한 명성을 날리는 인물이었다.

만약 누군가 지금 이 광경을 보고 있다면 쉽사리 믿으려 하지 않을 것이다.

순간 뇌중검은 벌떡 일어나 호선이 사라진 반대 방향으로 죽을힘을 다해 몸을 날렸다.

지옥에서 살아난 기쁨으로 벅차서 가슴이 터지려다 못해서 숨이 가빴다.

살성 옥선후의 수중에서 살아난 것은, 기적이라고밖에는 표현할 길이 없었다.

第二十八章
내가 사랑하는 사람은 호리야

一擲賭者
乾坤

"주, 주군!"

뇌중검은 나지막한 바위에 앉아 있는 한 인물 앞에 몸을 던지며 다급한 어조로 헐떡였다.

그 인물, 뇌중검의 주군은 표정의 변화 없이 묵묵히 그를 굽어보았다.

뇌중검은 무릎을 꿇은 채 주군을 우러러보았다. 뇌중검은 쉬지 않고 사십여 리를 달려왔는 데도 얼굴에선 아직도 불신과 경악이 지워지지 않은 채였다.

주군은 자신의 네 심복 중에 한 명인 뇌중검의 그런 모습을 지켜보고 있으면서도 아무 말 없이 그가 보고하기를 기다리고 있었다.

"그녀를… 옥선후를 만났습니다!"

순간 뇌중검은 주군의 눈이 약간 커지면서 움찔 놀라는 표정이 떠오르는 것을 발견했다.

뇌중검은 장장 사십여 년 동안 주군을 측근에서 모셨지만 그가 조금이라도 놀라는 모습을 본 것은 다섯 손가락에도 다 꼽지 못할 정도였다. 그만큼 주군은 놀라지 않는, 즉 철석간담의 소유자였다.

"자세히 설명해라."

뇌중검은 흥분을 가라앉히려고 애쓰면서 옥선후를 만났던, 아니, 그녀에게 발각됐던 전말을 자세히 아뢰었다.

진지한 표정으로 귀를 기울이고 있던 주군은 옥선후가 뇌중검을 살려주고 떠났다는 마지막 말을 듣는 순간 안색이 차갑게 굳어졌다.

설명을 하면서도 줄곧 주군의 표정을 살피던 뇌중검은 움찔 몸을 떨었다.

"왜… 그러십니까?"

갸름한 얼굴, 머리 위에 눈송이를 이고 있는 듯 흰 백발은 단정하게 상투를 틀었으며, 갈대꽃처럼 탐스러운 긴 백염이 배까지 이르렀고, 일신에는 백학처럼 희디 흰 도포를 입은,

마치 수양이 깊은 노학자 같은 풍모의 주군의 입가에 얼핏 씁쓸한 미소가 내비쳤다.

"염호(閻豪), 너는 실수를 했구나."

뇌중검은 눈을 크게 뜨면서 움찔 몸을 떨었다. 무슨 실수를 했는지는 모르지만, 주군이 그렇게 지적을 하면 필경 실수를 한 것이 분명할 것이다.

"무슨 말씀이신지……."

주군은 대답 대신 바위에서 천천히 몸을 일으켰다.

이어서 무게 있는 동작으로 천천히 주위를 둘러보면서 공력을 끌어올려 주변의 기척을 감지하더니 이내 한쪽 방향을 향해 포권을 하면서 가볍게 허리를 굽혔다.

"옥선후 여시주께서 오신 것을 미리 알았더라면 영접이라도 했을 것이오. 부디 용서하시오."

이곳은 산비탈의 작은 계곡 사이를 흐르는 계류 가였는데 바닥에는 크지 않은 자갈이 고르게 깔려 있고, 드문드문 크고 기형적인 모양의 바위들이 널려 있는 것뿐 대체적으로 사방이 탁 트인 공간이었다.

주군이 포권을 한 방향에는 하류 쪽으로 칠팔 장 거리와 십여 장 거리에 큰 바위가 각각 하나씩 있었다.

그는 옥선후가 그 두 개의 바위 중 하나의 뒤에 숨어 있을 것이라고 판단한 것이다.

그는 강호에 몇 명 되지 않는 초절고수 중 한 명이다.

뭇짐승들은 호랑이를 알아보지 못하지만, 호랑이끼리는 서로를 알아보는 법.

뇌중검은 크게 놀라 주군이 응시하고 있는 두 개의 바위를 쳐다보았다.

'아······!'

그는 그제야 비로소 옥선후가 왜 자신을 살려준 것인지 이해할 수가 있었다.

그가 길잡이가 되어 옥선후를 친절하게도 주군에게 인도한 꼴이 되고만 것이었다.

아까는 워낙 창황망조(蒼黃罔措)의 상황이라서 그처럼 간단한 것조차 깨닫지 못했었다.

하지만 이미 엎질러진 물이다. 이것이 돌이킬 수 없는 사태를 일으킨다면, 모두 뇌중검의 책임이었다.

'이런 실수가······.'

설사 옥선후에게 죽임을 당하더라도, 마지막 순간에 한마디 단말마의 비명을 질러서 주군에게 그녀의 존재와 위치를 알려주겠다는 갸륵한 마음마저 품었던 그였거늘, 어이없게도 오히려 주군에게 해를 끼치고 말았으니 죽어서도 씻을 수 없는 큰 실수를 범한 것이었다.

장내에 팽팽한 긴장감이 한 치 앞도 보이지 않는 짙은 안개처럼 자욱하게 깔렸다.
 주군을 중심으로 네 명의 심복이 좌우와 뒤쪽 일 장 거리에 서서 같은 방향을 주시하고 있었다.
 네 명의 심복, 즉 뇌선사검(雷仙四劍)은 옥선후의 기척을 추호도 감지하지 못하고 있었다.
 다만 주군이 두 개의 바위를 보면서 말하자 그곳에 옥선후가 있을 것이라고 짐작할 뿐이었다.
 그렇지만 약 세 호흡쯤의 시간이 흘렀는데도 다섯 사람이 주시하고 있는 두 개의 바위 뒤에서는 아무도 모습을 드러내지 않고 있었다.
 순간 주군의 눈에 설핏 가벼운 놀라움이 떠올랐다.
 무언가 다른 기척을 감지했기 때문이 아니라 어쩌면 저 두 개의 바위 뒤에 옥선후가 없을지도 모른다는, 즉 자신이 기척을 잘못 감지했거나 옥선후가 유인을 한 것일 수도 있다는 사실에 생각이 미쳤다.
 뇌중검을 앞세워 길잡이로 삼을 정도의 총명한 옥선후라면 그리 쉽사리 자신의 모습을 드러내지는 않을 것이다.
 휙!
 순간 주군의 고개가 재빨리 뒤로 돌아갔다.
 수양이 깊으며 수많은 사람의 존경을 한 몸에 받고 있는 그에게서는 좀처럼 보기 어려운 다급한 동작이었다.

"……!"

다음 순간 그의 두 눈이 한껏 부릅떠졌다.

아니, 그의 두 눈이 부릅떠지기 시작한 것과 그가 발견하고 놀란 그 무엇인가가 어떤 동작을 취한 것은 같은 순간에 이루어졌다.

그가 발견한 것은, 아니, 사람은 바로 호선이었다.

호선은 어느새 주군과 뇌선사검 배후 이 장까지 쇄도하여 지상 이 장 반 높이에서 내리꽂히며 소리 없이 쌍장을 발출하고 있었다.

주군이 발견했을 때에는 이미 번쩍! 하고 네 마리 붉은 봉황, 즉 혈봉황(血鳳凰)이 번갯불처럼 뇌선사검을 향해 뿜어지고 있는 중이었다.

지금처럼 급박한 상황에서도 주군은 아무것도 할 수가 없었다. 단지 고개를 돌리고 놀라는 표정, 아니, 표정조차도 미처 떠올리지 못하고 단지 눈을 부릅뜨는 것밖에는 달리 할 것이 없었다.

비록 공력을 극한으로 끌어올린 상태지만 지금 반격을 한다고 해도 뇌선사검이 당한 후가 될 터이다. 그야말로 속수무책이었다.

사, 오십 년 동안 주군을 그림자처럼 모셨던 뇌선사검은 주군이 뒤를 돌아보는 것과 거의 같은 순간에 본능적으로 자신들도 같은 행동을 취하고 있었다.

그리고 그들이 발견한 것은 호선의 쌍장에서 뿜어진 네 마리의 핏빛 혈봉황이 자신들을 향해 무시무시한 속도로 쏘아오고 있는 광경이었다.

피하거나 반격을 하는 것은 이미 늦었다.

뇌선사검은 공력을 극한으로 끌어올린 상태였으므로 찰나지간에 호신강기를 만들어 몸을 보호했다.

그것은 그들이 만든 것이 아니라 외부의 공격에 몸 스스로 반응했다고 해야 옳았다.

그리고 네 마리 혈봉황이 뇌선사검의 몸을 강타했다.

쩌러러렁!

커다란 쇠망치로 철문을 거세게 두드린 듯한 크고 날카로운 폭음이 터졌지만 비명은 없었다.

차앙!

그 순간 한 소리 맑은 검명이 울려 퍼지면서 주군의 오른손에 쥐어진 검이 호선을 향해 빛처럼 쏘아갔다.

공력이 실린 검과 몸이 하나가 되는 검법 최고의 경지인 이기어검술(以氣馭劍術)이다.

이것은 사람이 검을 부리는 것이 아니며 또한 초식을 필요로 하지 않는다.

말 그대로 뜻과 의지가 검을 조종하는 불세출의 검법이다.

주군은 호선의 공격에서 뇌선사검을 구하지는 못했지만, 이 공격으로 그녀에게 부상을 입힐 수 있을 것이라고 확신하고 있었다.

천하의 보검 칠성검(七星劍)과 주군이 합일하여 호선을 향해 번갯불처럼 쏘아갈 때, 뇌선사검은 피를 뿌리면서 허공으로 쏜살같이 튕겨져 날아갔다.

이기어검술의 속도는 초절고수가 전력으로 경공을 전개하는 것보다 최소한 두 배 가까이 더 빠르다.

그러므로 아무리 초절고수라고 해도 이기어검술을 피하는 것은 결코 쉬운 일이 아니다.

더구나 지금 전개되고 있는 것은 도가(道家) 최고의 절학인 태극현공뢰(太極玄空雷)다.

꽈르릉!

칠성검이 호선의 몸에 닿는 순간 고막을 찢을 듯한 우렛소리가 터지면서 시커먼 묵광이 확 일었다. 이름 그대로 검은 하늘에서 떨어지는 벼락같은 기세였다.

팔락~!

한 마리 나비인가? 주군의 눈앞에 희고 작은 물체가 나풀거리고 있었다.

"……!"

다음 순간, 그것이 호선의 베어진 옷 조각이라는 사실을 확인한 주군은 움찔 놀랐다.

 호선이 뇌선사검에게 공격을 퍼부은 순간을 훔쳐서 주군 자신이 가장 자랑하는 태극현공뢰로 급습을 가했는데, 그것이 실패한 것이다.

 쉽사리 믿어지지가 않았다. 하지만 이것은 엄연한 현실이다. 지금 이 순간의 미미하게 작은 판단 착오는 곧장 죽음으로 직결될 수가 있을 터이다.

 찰나를 열로 쪼갠 순간, 주군의 청력이 머리 위에서의 옷자락이 펄럭이는 미세한 기척 하나를 감지했다.

 그가 재빨리 위를 올려다보자 호선은 어느새 그의 머리 위 일 장 높이에서 한 바퀴 빙그르 날렵하게 공중제비를 돌고 있는 중이었다.

 큐웅!

 주군이 올려다보고 있는 중에 공중제비를 도는 그녀의 머리가 아래로 향하는 순간, 섬섬옥수가 쭉 뻗어지면서 장심에서 예의 핏빛 광선이 폭발하듯이 뿜어졌다.

 '혈봉황파(血鳳凰破)!'

 방금 전에 뇌선사검을 거꾸러뜨렸던 바로 그 수법이었다.

 당금 무림에서 가장 빠르고 위력적이라는 봉황궁 최고절학 중 하나인 혈봉황파를 주군은 오늘 두 차례나 연이어 목격하고 있었다.

더구나 방금 전에는 일초식 혈봉황파를 네 줄기로 쪼개어 뇌선사검을 격퇴시켰는데, 지금은 단 한 줄기다. 그러므로 그 위력이 어떨는지는 가히 짐작할 수 있을 터.

주군은 옥선후와 싸워본 적도, 비무를 해본 적도, 그리고 그녀가 초식을 펼치는 것을 목격한 적도 없었다.

다만 그녀에 대해서 떠들어대는 무림의 무성한 소문만 귀가 따갑게 들었을 뿐이었다.

옥선후는 천하 무림에서 가장 고강한 열 명, 즉 우내십절(宇內十絶) 중에 한 명이다.

주군은 그녀가 어째서 우내십절의 반열에 오를 수 있었는지 지금 이 순간 뼈저리게 실감하고 있었다.

쿠오오―!

주군은 한 쌍의 혈봉황이 혈운과 혈광 속에 묻혀 자신을 향해 쇄도하는 것을 보면서도 피하지 않았다.

그는 현재 이기어검술을 전개하고 있는 중이므로 피하려고 마음만 먹으면 능히 가능했지만 그러지 않았다.

그 대신 혈봉황을, 아니, 호선을 향해 곧장 마주쳐 갔다.

고오오―!

그는 선황파(仙皇派), 아니, 선황파의 뿌리인 무당파(武當派) 최고의 절학 태극현공뢰를 굳게 믿었다.

정심한 도가의 절학이 한낱 속세의 무공과 겨루어 패퇴할

리가 없었다.

주군은 수양이 매우 깊으며 천하에 덕륭망존(德隆望尊)한 노도사로 정평이 난 인물이지만, 사실 자존심만큼은 스스로도 다스리지 못했다.

그는 혈봉황을 쪼개고 그 여세를 몰아 칠성검의 예리한 칼날로 옥선후의 몸을 꿰뚫을 수 있을 것이라 기대했고, 또 확신했다.

그리고 그가 기대하고 확신했던 대로 지금 이 순간 칠성검이 혈봉황을 쪼개고 있었다.

하지만 주군의 입가에 막 떠오르려던 미소가 씻은 듯이 사라져 버렸다.

그 대신 극도의 경악과 불신이 맑은 물에 번지는 먹물처럼 확 피어올랐다.

칠성검이 세로로 쪼갠 것은 혈봉황의 황(凰), 즉 혈황이었다.

주군은 절반으로 쪼개지고 있는 혈황 옆의 혈봉이 자신의 상체를 향해 무시무시하게 쇄도하는 것을 발견하고 사력을 다해 몸을 비틀었다.

번— 쩍!

폭음 같은 것은 없었다. 단지 혈봉황파의 혈광과 내극헌공뢰의 묵광이 정면으로 격돌하면서 한순간 사위를 눈부시게

밝혔을 뿐이었다.

뿌악!

"크억!"

주군은 왼쪽 어깨에 가공할 충격을 받고 가랑잎처럼 허공을 훌훌 날아갔다.

퍼… 퍽… 쿵!

그는 오 장이나 날아가 땅에 부딪쳤다가 계속 튕기면서 이 장쯤 더 밀려갔다.

그 순간 그를 엄습한 것은 경악이나 불신이 아니라 옥선후에 대한 경외심이었다.

옥선후는 평소에 그가 예상하고 있던 무위보다 최소한 절반 이상 더 강했던 것이다.

그 정도라면 옥선후는 자신의 제자에 비해도 결코 뒤처지지 않는 실력이었다.

"주… 군……."

문득 주군은 자신의 옆에서 들리는 애끓는 목소리에 그쪽을 쳐다보았다.

그는 뇌중검이 입에서 피를 꾸역꾸역 쏟으면서 자신을 쳐다보며 안타까운 표정을 짓고 있는 것을 발견하고 설명하기 어려운 착잡한 심정에 빠져 들었다.

뇌중검은 자신의 실수 때문에 뇌선사검은 물론 주군마저

옥선후에게 당하자 미쳐 버릴 것만 같았다.

할 수만 있다면 당장 자신의 머리통을 깨뜨려 죽고 싶은 생각밖에 들지 않았다.

하지만 그는 뺨을 자갈에 파묻은 자세에서 손가락 하나 까딱할 수 없는 상태였다.

호선은 주군이라는 인물을 아직 죽일 생각이 없었다. 그에게 물어볼 것이 남아 있기 때문이다.

그녀는 주군이 왼쪽 어깨에 일격을 적중당했기 때문에 조금 전 같은 위력은 발휘하지 못할 것이라고 생각했다.

그래서 일단 제압한 후 심문을 가하리라 작정하고 솔개처럼 두 팔을 활짝 벌리며 그에게 날아갔다.

주군은 튕기듯이 벌떡 일어섰다. 그러나 자신도 모르게 상체를 크게 휘청거렸다.

적중당할 때에는 단지 묵직한 충격만 느낀 정도였는데, 지금은 왼쪽 어깨에 극심한 고통이 느껴졌다.

십중팔구 어깨뼈가 박살났으며 심장에도 가볍지 않은 충격이 가해진 것이 분명했다. 그뿐만이 아니라 공력이 마구 흩어지고 있었다.

그때 그는 호선이 자신을 향해 날아오는 것을 발견하고 칠성검을 들어 올리며 우렁차게 외쳤다.

"현천대검진(玄天大劍陣)을 발동하라!"

쏴아아—

다음 순간 방금까지만 해도 아무도 없던 허공과 주변에 돌연 수십 명이 나타났다.

백(白), 홍(紅), 청(靑), 흑(黑). 네 가지 색의 도복을 입은 도합 사십사 인의 도가검수(道家劍手)들이었다.

그들 사십사 인의 검수, 즉 사십사검수는 갑자기 하늘에서 뚝 떨어지고 자갈 속에서 혹은 계류 속에서 튀어나온 것처럼 느닷없이 나타나자마자 일정한 진형을 형성한 채 호선의 사면팔방에서 그녀를 향해 일제히 쏘아왔다.

그러나 그들이 제아무리 하늘에서 떨어지고 땅속에서 솟구쳤다고 해도 칠, 팔 장 거리에서 주군을 향해 쏘아가고 있던 호선보다 빠를 수는 없었다.

슈우우!

호선은 주군의 일 장쯤에 이르러 지상 이 장 높이에서 먹이를 발견한 매처럼 맹렬하게 쏘아져 내렸다.

자신을 향해 사면팔방에서 쏘아오는 사십사 인 따위는 안중에도 없는 행동이었다.

주군은 호선이 사십사검수를 상대하지 않고 자신을 공격해 오자 적잖이 놀랐다.

어찌 보면 무모한 것처럼 보이지만, 우두머리인 주군을 제압하면 사십사검수가 공격하지 못할 것이라는 냉철한 판단하에 취한 행동이라는 사실을 깨달았다.

호선은 주군에게 내리꽂히면서 오른팔을 쭉 뻗으며 손가락을 독수리의 발톱처럼 구부렸다.

왼쪽 어깨의 부상으로 순식간에 공력의 삼분의 일가량이 흩어져 버린 주군은 예기치 않았던 생사의 고비를 맞아 사력을 다해야만 했다.

그는 피하지 않은 채 칠성검에 모든 공력을 주입시켜 전력을 다해 태을청령검법(太乙淸靈劍法)을 전개했다.

네가 나를 죽인다면 나도 널 죽이고 함께 죽자는, 이른바 동귀어진(同歸於盡)의 각오인 것이다.

쐐쐐애액!

순식간에 칠성검이 호선의 상체 급소 열두 군데를 찌르고 베어가며 무수한 검영을 만들어내어 허공을 뒤덮었다.

무림의 어느 누구도 쉽사리 흉내 내지 못할 실로 절묘한 무당파의 절학이었다.

그러나 다음 순간 주군은 무수한 검영을 뚫고 호선의 섬섬옥수 여러 개가 느닷없이 자신의 코앞에 불쑥 나타나는 것을 발견하고 심장이 덜컥 내려앉았다.

'난봉산화수(鸞鳳散花手)!'

그 손은 모두 여덟 개였으며 모양이 제각각이었다.

파파파곽!

우두둑!

찰나 여덟 개의 손이 주군의 상체 곳곳을 찌르고, 짧게 끊어서 치고, 잡아채고, 또 비틀었다.

"크으으······."

주군은 고통으로 얼굴이 일그러진 채 쓰러질 듯이 비틀거리면서 뒤로 대여섯 걸음 물러나다가 끝내는 털썩 엉덩방아를 찧으며 주저앉고 말았다.

"주군······!"

"크흑! 주군······."

두 마디 애끓는 소리가 멀지 않은 곳에서 들려왔다.

뇌선사검 중에서 간신히 살아남은 뇌중검과 또 한 명 뇌운검(雷雲劍)이었다.

나머지 두 명 뇌룡검(雷龍劍)과 뇌풍검(雷風劍)은 호선의 혈봉황파에 즉사했고, 뇌중검과 뇌운검은 목숨만 겨우 붙어 있는 참담한 모습이었다.

슷—

그때 호선이 주저앉아 있는 주군의 반 장 앞에 깃털처럼 가볍게 내려섰다.

뒤를 이어 사십사검수가 순식간에 호선과 주군을 네 겹으로 에워쌌다.

백의검수 여섯 명이 가장 안쪽에, 그다음에는 홍의검수 여덟 명이, 세 번째는 청의검수 열두 명. 마지막 네 번째는 흑의 검수 열여덟 명이었다.

이들 사십사검수는 천하 무림에서 가장 견고하다는 삼대 검진(三大劍陣) 중 하나인 현천대검진을 현재 발동하고 있는 상태였다.

하지만 그랬거나 말거나 호선은 그들에겐 눈길조차 주지 않았다.

주군은 정말 참담한 몰골이었다.

상투가 풀어져 마구 헝클어져 얼굴을 뒤덮은 백발이나, 뭉텅 뜯겨진 흰 수염과 갈가리 찢어진 흰 도포는 그래도 봐줄 만한 편이었다.

혈봉황파에 적중되어 박살난 왼쪽 어깨는 축 늘어졌으며, 오른팔 팔꿈치 바로 윗부분은 호랑이 발톱 모양을 한 호조수(虎爪手)에 꺾여서 부러진 채 덜렁거렸고, 중지와 검지, 약지 세 손가락을 곧게 편 삼음지(三陰指)에 찍힌 가슴팍의 갈비뼈 여러 개가 도막도막 부러졌으며, 손 바깥쪽 즉 유엽장(柳葉掌)에 찍힌 오른쪽 어깨도 내려앉았는가 하면, 옆구리는 중지와 검지 끝을 날카롭게 구부려서 잡아채는 응조수(鷹爪手)에 갈비뼈까지 완전히 뜯겨져 나간, 전체적으로 참담하기 짝이 없는 몰골이었다.

호선은 난봉산화수를 펼치면서 속도에만 주력했을 뿐, 정작 손에는 일 할의 공력도 주입하지 않았었다.

만약 삼 푼의 공력만 더 주입했더라면 주군의 몸뚱이는 만신창이가 된 채 숨이 끊어졌을 것이다.

사실 호리가 호선에게 배운 봉황등천권의 실체가 바로 난봉산화수였다.

난봉산화수는 단순한 권법이 아닌 권법과 각술, 그리고 금나수법이 고루 합쳐진 종합적인 박투수법(搏鬪手法)이다.

주군은 부들부들 몸을 떨면서 힘겹게 고개를 들었다.

공포나 고통 때문이 아니라 온몸 각 부위에 당한 상처로 인한 떨림이었다.

수양 깊은 정신력은 가만히 있으려고 하지만, 상처를 직접 당한 몸의 각 부위가 말을 들어주지 않았다.

주군은 자신을 굽어보고 있는 빙정처럼 싸늘한 호선의 얼굴을 발견하고 조금 전보다 더욱 착잡한 표정을 떠올리며 중얼거렸다.

"무량수불……. 어서 죽이시오."

호선은 처음에 주군과 뇌선사검 등을 봤을 때 그들이 모두 도복을 입고 있는 것으로 미루어 도가의 도사들일 것이라고 추측했었다.

산속에서 선도나 수양하고 있어야 할 그들이 무엇 때문에 자신을 죽이려고 혈안인지 궁금하기 짝이 없었다.

"열두 방파를 고용하여 나를 추적한 청부자가 너였느냐?"

싸늘하기 짝이 없는 목소리.

"그렇소."

주군은 선선히 시인했다.

"왜 나를 죽이려고 하느냐?"

호선의 붉은 입술 사이로 방금 전보다 더 싸늘한 목소리가 흘러나왔다.

주군은 참담한 표정으로 호선을 응시하다가 고개를 숙이고 한동안 깊은 생각에 잠겼다.

호선은 재촉하지 않고 참을성 있게 기다렸다. 자신의 신분에 대해서, 그리고 그동안 궁금하게 여기던 것들을 알아낼 수 있다면 얼마든지 기다릴 수 있었다.

"물러가라."

이윽고 주군은 고개를 들면서 사십사검수에게 나직한 어조로 명령했다.

사십사검수는 나타났을 때처럼 일제히 신형을 날려 순식간에 사라졌다.

하지만 그들이 멀리 가지 않고 주변에서 대기하고 있다는 것을 호선은 감지했다.

주군은 결코 서둘지 않았다. 심복 뇌중검이 실수로 옥선후의 길잡이 노릇을 하여 지금 상황에 처하게 되었지만, 결과적으로는 잘된 일이었다.

 어쨌든 옥선후를 끌어들이는 것에 성공하지 않았는가.

 뇌룡검과 뇌풍검이 죽었으며 자신 또한 언제 죽을지 모르는 상황이지만, 옥선후를 죽일 수만 있다면 자신들의 희생이 조금도 아깝지 않다고 생각하는 주군이었다.

 옥선후는 이곳에서 절대 살아서 나가지 못한다. 살아나가서는 안 된다. 주군은 그렇게 확신했다.

 이곳을 중심으로 이 일대에는 천라지망이 쳐져 있다. 주군은 옥선후를 죽이기 위해서 단지 뇌선사검, 사십사검수만 데리고 온 것이 아니었다.

 주군은 이곳에 옥선후와 함께 뼈를 묻으리라 새삼 다짐하면서 이윽고 가라앉은 어조로 입을 열었다.

 "빈도는 옥선후 여시주를 죽여서 천하를 구하고 싶소이다."

 거두절미 단도직입적인 말이었다.

 호선의 초승달 같은 아미가 살짝 찌푸려졌다.

 그의 말에 의하면, 자신이 천하의 해악이라는 뜻이 아닌가?

 "무슨 소리냐?"

 방금 그 말에 화를 낼만도 한데 호선은 표정과 어조의 변함 없이 조용히 물었다.

주군은 호선의 반응에 뜻밖이라는 표정을 지었다. 그가 알고 있는 옥선후였다면 주군을 일장에 쳐 죽이거나 팔다리라도 잘랐을 것이다.

"빈도는 여시주가 꾸미고 있는 천하대계, 아니, 음모에 대해서 이미 알고 있소. 아니, 빈도뿐만이 아니라 웬만한 사람들은 그 사실을 다 알고 있을 것이오."

천하대계에 음모라니 갈수록 점입가경이었다.

하지만 호선은 참을성 있게 주군의 다음 말을 기다렸다.

"여시주의 음모는 결코 성공하지 못할 것이오. 또한 성공해서도 안 되오."

주군은 진중한 표정으로 호선을 올려다보며 말을 이었다.

"본파의 문주, 아니, 빈도의 제자를 이제 그만 놓아주시오. 그리고 마황부(魔皇府) 부주 마랑군(魔郞君)과의 결탁을 끊으시오. 부탁하오. 여시주께서 이 자리에서 약속해 준다면 즉시 포위를 풀고 물러가겠소."

호선의 말 한마디에 물러가겠다고 한다. 그것은 평소 호선이, 아니, 옥선후의 말 한마디가 천만금의 무게를 지니고 있음을 뜻하는 것이다.

"내가 당신 제자를 잡고 있다고 생각하나?"

주군이 말하는 문주나 마황부주인 마랑군이 누군지 호선이 알 턱이 없었다.

아니, 아마도 예전에는 잘 알았겠지만 지금은 추호도 기억하지 못하고 있다.

그러면서도 그녀는 마치 다 알고 있는 양 물었다. 이런 자에게까지 굳이 자신이 기억을 잃었다는 사실을 털어놓을 필요가 없다고 생각했다.

"문주는… 자신의 사랑을 언젠가는 여시주가 받아줄 것이라고, 그리고 여시주도 자신을 사랑한다고 굳게 믿고 있소. 말해보시오. 여시주는 문주를 사랑하오?"

옥선후가 음모를 꾸민다고 하더니 이제는 누가 누구를 사랑하고 또 사랑하느냐고 묻는다.

호선은 어이가 없어서 헛웃음이 터져 나오려는 것을 애써 참았다. 그렇지만 입가에 떠오른 가느다란 실소까지는 지우지 못했다.

"나는 그를 사랑하지 않아, 아니, 안중에도 없어."

그렇게 말하면서, 만약 자신이 누군가를 사랑하게 된다면 그것은 호리가 될 것이라는 생각을 문득 했다.

주군의 표정이 약간 밝아졌다. 그리고 그런 사실을 이미 짐작하고 있었다는 듯한 표정을 지었다.

"그 말을 문주에게 직접 해줄 수 있겠소? 그 말을 들으면 문주는 여시주를 포기하게 될 것이오."

"물론."

주군의 표정이 조금 더 밝아졌다.

하지만 호선의 궁금증은 아직 풀리지 않았다.

"그따위 사랑이니 뭐니 하는 것과 나를 죽이려고 하는 것이 대체 무슨 상관이 있는 것이지?"

주군의 말을 들어보면 그의 제자인 동시에 한 문파의 문주인 자가 옥선후, 즉 자신을 사랑하고 있다고 한다.

그런데 사부인 주군은 옥선후를 죽이려고 혈안이 되어 있는 상황이다. 어째서 그래야만 하는 것인지 호선은 아직 납득하지 못했다.

"본파의 문주는……."

주군은 차마 입에 담기 괴롭다는 표정을 지었다.

"여시주가 마랑군과 결탁하여 천하 무림을 제패하려는 음모에 자신도 동참하기를 간절히 바라고 있소."

삼사 장쯤 거리의 자갈밭에 쓰러져 있는 뇌중검과 뇌운검의 표정이 크게 변했다.

그들은 주군의 심복 수하이기는 하지만 방금 전까지만 해도 그런 사실을 까맣게 모르고 있었던 것이다.

'무슨 헛소리야?'

호선은 너무 어이가 없는 말이라서 놀라지도 않았다. 그저 기가 막힐 뿐이었다.

"빈도를 비롯한 문주의 공동사부 두 명의 도우(道友)는 온

내가 사랑하는 사람은 호리야 167

갖 방법으로 문주를 설득해 봤지만 헛수고였소. 문주는 옥선후 여시주를 너무도 사랑하고 있소. 그래서 모든 것을 잃더라도, 심지어 자신의 목숨까지도 그 사랑을 위해서 아낌없이 바치려는 것이오."

호선은 주군과 두 명의 도우라는 도사들이 문주의 공동사부라는 사실을 알게 되었다.

대체 어떤 문파일까 궁금했지만 대놓고 물으면 이상하게 생각할 것 같아서 좀 더 사태를 지켜보기로 했다.

호선은 얼굴도 기억나지 않는 문주라는 사내가 자신을 그토록 사랑하고 있다면, 혹시 자신도 그를 사랑하고 있었던 것이 아닐까? 하는 의심이 들었다.

"빈도들과 주변의 많은 사람들은 여시주께서 무림오황 중에서 사황(四皇)의 힘으로 천하 무림을 일통할 것이라고 알고 있었소. 그런데 여시주께서 조금 전에 본파의 문주에게 그를 사랑하지 않는다는 말씀을 직접 해주시겠다니, 아무래도 빈도와 무림동도들이 여시주를 여태까지 크게 오해하고 있었던 듯하오."

주군은 호선의 말을 완전히 믿지는 못하고 미심쩍어하는 눈치였다.

그러나 믿고 싶어 하는 기색이 역력했다. 더구나 그 말을 한 사람은 다름 아닌 옥선후였다.

무림오황의 한 사람이며, 자존심과 명예를 목숨보다 더 중요하게 여기는 그녀가 허언을 내뱉을 리가 없다고 속으로 자신을 다독이고 또 다독였다.

'무림오황……'

호선은 얼마 전에 뇌중검에게서 무림오황이라는 말을 들었을 때와는 달리 지금은 그 말이 어디선가 들어본 것처럼 친숙한 느낌이 들었다.

그러나 그 말을 다시 한 번 입속으로 되뇌어보자 아주 생소한 느낌이 들었다.

뇌중검은 호선의 신분이 무림오황 중 하나인 봉황궁의 궁주 봉황옥선후라고 말했었다.

"사황의 힘으로 천하 무림을 일통하다니, 내가 삼황을 조종이라도 한다는 말인가?"

호선이 가볍게 눈살을 찌푸리면서 말하자 주군은 씁쓸한 표정을 지었다.

"무림오황 중에서 선황파의 문주 백검룡(白劍龍)과 마황부주 마랑군, 그리고 무황성의 대공자 혁련천풍. 이 세 명의 젊은 영웅들이 봉황궁주이신 봉황옥선후 여시주를 진심으로 사랑하고 있다는 사실을 모르는 사람은 아마도 무림에서 찾아보기 어려울 것이오."

호선은 비로소 가닥이 조금 잡혀가는 느낌이었다.

주군이 말한 옥선후를 사랑한다는 세 사내 중에서 그의 제자는 선황파의 문주인 백검룡이다.

또한 옥선후가 마황부와 결탁했다는 것은, 마황부주인 마랑군이 옥선후를 사랑하기 때문에 가능한 일이었다.

그리고 무황성의 대공자 혁련천풍이라는 사내도 옥선후를 죽도록 사랑하고 있다고 한다.

그러므로 주군이 말한 소위 '사황의 힘'이란, 봉황궁주인 옥선후가 사랑의 노예가 된 세 명의 사내를 이용하여 선황파와 마황부, 무황성을 수족처럼 부려 천하를 제패하려 한다는 뜻이다. 그래서 사황인 것이다.

호선은 무황성이라는 말을 듣고 문득 잠시 잊고 있었던 호리를 떠올렸다.

호리의 사매인 조연지는 무황성의 이소성주라는 자에게 납치당해 무황성으로 끌려갔다고 했다.

호리가 항주성에서 현성이라는 심부름꾼에게 사매의 소식을 들을 때 호선도 옆에 함께 있어서 잘 알고 있는 일이었다.

만약 호리가 사매를 구하는 일이 잘 풀리지 않을 경우에 호선은 자신이 무황성의 대공자 혁련천풍을 움직여서 사매를 구할 수도 있지 않을까 잠시 생각해 보았다.

그녀가 굽어보니 말을 마친 주군은 무엇인가를 바라는 듯한 표정으로 호선을 쳐다보고 있었다.

호선은 그가 원하는 말이 무엇인지 어렵지 않게 짐작할 수 있었다.

"나는 백검룡이나 마랑군, 혁련천풍 그 누구도 마음에 두고 있지 않아."

주군의 눈이 빛을 발했다.

"더 확실한 말을 해줄까?"

"무엇이 확실하오?"

주군이 마른침을 삼키는 소리가 호선의 귀에까지 들렸다.

호선은 조용한 목소리로 자늑자늑하게 말했다.

"내가 사랑하는 사람은 따로 있어."

순간 주군의 두 눈이 휘둥그렇게 커졌다. 그녀의 말이 사실이라면, 주군 자신과 두 명의 사형제들, 그리고 천하 무림을 염려하는 수많은 동도들이 그동안 우려하고 있었던 옥선후에 대한 사실들이 전부 오해였다는 뜻이 된다.

"그가…… 누구요?"

"호리."

호선은 호리의 이름까지는 말하지 않아도 좋았다. 그러나 그녀가 불쑥 내뱉은 이유는 어쩌면 주군의 얼토당토않은 말에 대한 반발이었는지도 모른다.

자신이 사랑하는 남자는 기억에도 없는 그따위 사내들이 아니라 호리라는 멋진 남자라고 말이다.

"호리…… 그가 누구요?"

당연히 주군으로서는 난생처음 들어보는 이름이다. 덕망 높은 그가 어찌 항주성의 협잡꾼 따위를 알고 있겠는가.

'호리'라는 이름을 말하는 바람에 불현듯 그가 보고 싶어진 호선이 주군의 물음에 얼굴에 금세 싸늘하게 변했다.

"내가 그것까지 말해줘야 하느냐?"

"아… 니오."

호선은 자신이 과거에 이 '주군'이라는 노도사를 만난 적이 있는지, 만났다면 그에게 존대를, 아니면 하대를 했었는지 따위의 기억이 전혀 없다.

그저 그녀가 누구한테나 하대를 하는 것은 오래된 습관 같은 것일 게다.

어쩌면 그것은 그녀가 기억을 잃은 후에도 잃어버리지 않고 있는 유일한 습관이지 않을까?

호선은 더 이상 이곳에 머물고 싶지 않았다. 다시금 호리와의 이별의 아픔이 되살아나기 시작했기 때문이다.

그때 문득 한 가지 생각이 퍼뜩 그녀의 뇌리를 스쳤다.

'이자들이 더 이상 추적을 하지 않는다면 내가 호리 곁을 떠나지 않아도 되지 않겠어?'

그런 생각을 하자 한시바삐 호리에게 돌아가고 싶었고, 그가 보고 싶어서 견딜 수가 없었다.

그녀는 흥분을 가라앉힌 다음 주군을 굽어보면서 조용히 입을 열었다.

"내게 한 짓을 생각하면 너희들 모두를 죽여 마땅하지만, 이 정도에서 용서할 테니 이후로는 더 이상 나를 귀찮게 하지 마라. 만약 이를 어길 시에는 너는 물론 선황파의 쥐새끼 한 마리 남겨두지 않을 것이다."

주군은 복잡한 얼굴로 호선을 우러러보았다.

호선의 말 중에서 '용서'라는 것은 그녀와는 도통 어울리지 않는 말이다.

그러나 '선황파를 쥐새끼 한 마리 남기지 않고 몰살시키겠다'는 엄포는 과연 그녀다운 말이었다.

주군은 오늘 직접 만나 겪은 옥선후가 예전에 자신이 알고 있던 옥선후와 많이 다르다고 생각했다.

하지만 이것이 그녀의 실체였다. 남의 입을 통해서 들은 소문과는 다른, 주군이 직접 경험하고 있는 옥선후가 아닌가.

주군은 마지막 한마디를 하기 위해서 칠성검을 지팡이 삼아 안간힘을 써서 힘겹게 일어섰다.

"빈도에게 하신 약속, 지키시겠지요?"

"백검룡이 이곳에 있으면 당장 불러와라. 그에게 터럭만큼도 관심이 없다는 사실을 일러주마."

백검룡이 이곳에 있을 리 만무했다.

옥선후를 죽이려고 결정한 것은 선황파의 칠장로(七長老) 중에서 무당파에 속한 삼현선로(三玄仙老)였다.

지금 현재 백검룡은 이번 일을 까맣게 모르고 있는 상태다. 만약 그가 알았다면 자신의 사부들인 삼현선로라고 해도 절대 용서하지 않았을 것이다. 그는 그만큼 옥선후를 깊이 사랑하고 있었다.

주군은 삼현선로의 첫째이며 백검룡의 대사부인 천현 진인(天玄眞人)이었다.

이윽고 천현 진인은 무거운 표정을 지으며 한숨을 흘리듯 입을 열었다.

"문주는 이곳에 없소이다. 그는 이 일을 전혀 모르고 있소."

"백검룡이 모른다?"

"음! 그렇소이다."

만약 호선이 기억을 잃지 않았다면 선황파가 자신을 죽이려고 벌여놓은 이 거창한 일에 대해서 백검룡을 결코 용서하지 않았을 터이다.

사실 예전의 그녀는 백검룡을 조금도 좋아하지 않았었다. 오히려 그에게 자신을 사랑하지 말라고 여러 차례 따끔하게 충고까지 해주었었다.

하지만 그에 대한 기억이 없는 호선은 선황파가 자신을 죽이러고 한 것에 대해서 백검룡에게 그다지 나쁜 감정을 품지 않았고, 그가 이번 일에 대해서 모른다는 사실을 알게 된 지금도 그런 감정은 변함이 없었다.

"백검룡은 이 일을 모르고, 또 이곳에 없다면서 나더러 무슨 수로 그에게 얘기를 해주라는 것인가?"

천현 진인은 미안한 표정을 지었다.

"여시주께서 지금 빈도와 함께 본파를 방문해 주시는 것이 어떻겠소?"

정중한 부탁 같고, 표정과 어조 또한 미안해하는 것 같았으나, 말의 내용인즉 반드시 그렇게 해야만 한다는 강압이 짙게 깔려 있었다.

호선은 허리를 꼿꼿이 세우고 턱을 약간 치켜들었다.

천하제일미라는 뜻의 구주일미인 아름다운 그녀가 싸늘하면서도 도도한 표정과 자세를 취하자 천현 진인은 바짝 긴장했다. 일이 어긋날 수도 있음을 직감한 것이다.

"너, 뭐라고 부르지?"

옥선후가 자신을 모를 리 없다고 여기는 천현 진인이지만, 달리 생각하면 그녀가 반드시 자신을 알고 있어야 한다는 법도 없었다.

"빈도는 천현이라고 하오."

"이게 마지막이야. 정리해 줄 테니까 잘 들어둬, 천현 진인."

천하에서 선황파 문주의 대사부인 천현 진인에게 이런 식의 말투를 쓰는 사람은 호선뿐일 것이다.

과거에 그녀는 천현 진인과 한마디의 말도 나눠본 적이 없었다. 말하자면 이번이 첫 대화인데, 이십 세도 안 된 그녀가 칠십 세의 천현 진인을 거의 아랫사람 대하듯 하고 있었다.

"나는 백검룡을 사랑하지 않아. 마랑군도, 혁련천풍도 마찬가지야. 그리고 나는 천하 무림을 제패하려는 음모 같은 것은 꾸미지 않아. 지금부터라도 나를 내버려 두면 아무 일도 일어나지 않을 거야. 그러나 자꾸 귀찮게 하면 어떤 결과가 벌어질는지 상상에 맡기겠어."

너무도 중요한 순간이었다. 옥선후를 죽이지도 않고 이런 엄청난 결과를 이끌어내다니, 천현 진인은 자기 자신이 너무도 자랑스러웠다.

제자이자 문주인 백검룡의 허락도 받지 않은 상태에서 삼현선로 세 명이 이런 어마어마한 일을 벌인 것은 사태가 너무도 긴박했기 때문이었다.

그래서 그들 세 사람은 이번 일을 도모하면서 만약 옥선후를 죽이게 된다면 그것에 대해서 백검룡에게 어떠한 벌이라도 달게 받겠다는 각오를 갖고 있었다.

그런데 옥선후를 죽이지도 않았으며, 이끌고 온 선황과 최정예고수들도 건재하다.

다만 뇌선사검의 뇌룡검과 뇌풍검이 죽었으며 자신은 중상을 입었지만, 얻어낸 결과에 비한다면 이 정도는 아무것도 아니었다.

"방금 그 말씀을… 맹세할 수 있소?"

천현 진인은 대화가 잘 풀리고 있는 상황에서 조금 더 욕심을 내보았다.

순간 호선의 몸에서 은은한 광채가 뿜어지기 시작하더니 잠깐 사이에 짙고 눈부시게 변했다.

일곱 색깔의 무지개의 빛.

홍예광채(虹霓光彩)였다.

"내 말로는 부족하다는 것인가?"

천현 진인은 자신도 모르게 움찔 몸을 떨면서 주춤 한 걸음 뒤로 물러섰다.

'설마… 홍예신공(虹霓神功)!'

호선의 온몸에서 뿜어지는 찬란한 무지개의 광채가 주위 오륙 장 이내를 온통 신비하고도 영롱한 일곱 빛깔로 짙게 물들이고 있었다.

아울러서 천현 진인과 뇌중검, 뇌운검의 몸도 무지갯빛으로 물들었다.

세 사람은 몸이 뻣뻣하게 경직되어 꼼짝도 하지 못한 채 비지땀을 뻘뻘 흘렸다.

그들은 거의 동시에 오랜 옛날부터 무림에 전해 내려오는 전설 같은 이야기 하나를 떠올리고 있었다.

홍예벽천지 제룡복사해 호극참구주.
虹霓劈天地 帝龍覆四海 昊極斬九州.

홍예는 천지를 쪼개고, 제룡은 사해를 뒤엎으며, 호극은 구주를 벤다는 뜻이다.
즉, 홍예신공과 제룡천력(帝龍天力), 호극마조(昊極魔造)를 가리키는 것이다.
그것들은 이름하여 천외삼절공(天外三絶功)이다.
그러나 천외삼절공에 대해서 알려진 것은 거의 없다.
다만 홍예신공은 찬란한 무지갯빛, 즉 홍예광채가 뿜어지면서 그 빛이 닿는 모든 것을 파괴시킨다고 하며, 제룡천력은 수많은 신룡(神龍)들을 만들어내서 자유자재로 부린다고 전해지고, 호극마조는 말 그대로 마공의 조화로움이 하늘 끝까지 이른다고 알려져 있을 뿐이었다.
그런데 지금 호선의 몸에서 홍예광채가 찬란하게 뿜어지고 있지 않은가?
천현 진인은 비할 바 없이 박학다식한 도인이다. 그런 그도 천하에 홍예광채를 뿜어내는 무공이 있다는 말을 들어본 적이 없었다.

전설의 홍예신공을 제외하고는.

천현 진인은 짙은 홍예광채로 물든 자신의 몸을 굽어보고 나서 속으로 한숨을 불어냈다.

'무량수불……. 한낱 전설상의 홍예신공이거늘 어찌 현세에 나타날 수가 있을 것이며, 그것을 또 어찌 옥선후가 익혔을 리가 있겠는가?'

전설은, 홍예광채에 닿기만 하면 무엇이든 파괴된다고 했다.

그런데 지금 천현 진인의 몸이 온통 홍예광채로 물들었는데도 아무렇지 않았다.

그래서 그는 이것이 그저 무지개 광채를 뿜어내는 기이한 무공의 일종이려니 생각하면서 한시름을 덜었다.

천현 진인이 긴장을 풀면서 호선을 쳐다볼 때, 마침 그녀는 냉엄한 얼굴로 그를 주시하며 막 입을 열고 있었다.

"물었거늘!"

쩌쩌쩡!

그녀의 싸늘한 일갈과 함께 주변에 있던 집채만 한 크기의 바위 세 개에서 굉렬한 폭음이 터졌다.

세 개의 바위는 각각 호선의 뒤쪽 삼 장, 천현 진인의 우측 사 장, 뒤쪽 삼 장 반 거리에 있었다. 그리고 그 바위들에는 한결같이 홍예광채가 비춰지고 있었다.

천현 진인이 놀라서 쳐다보자 세 개의 바위들이 절반으로 쪼개져서 앞 다투어 무너져 내리고 있었다.

쿠쿠쿵!

전설의 홍예신공이었다.

천현 진인의 등줄기에서 식은땀이 주르르 흘러내렸다.

전설상의 홍예신공이 현세에 나타났으며, 옥선후가 그것을 익힌 것이 분명했다.

그는 망연자실한 얼굴로 호선을 쳐다보다가 그녀가 눈살을 찌푸리고 있는 것을 발견하고서야 대답을 해야 한다는 사실을 깨달았다.

"음! 여시주의 말을 믿겠소."

믿어야만 했다. 지금으로서는 별도리가 없었다.

천현 진인은 방금 전까지만 해도 호선을 선황파로 데리고 가서 백검룡을 만나게 하여 그녀의 입으로 직접 그를 사랑하지 않는다는 말을 하게 만들 생각이었다.

만약 그녀가 말을 듣지 않는다면 당연히 무력을 사용하게 될 것이었다.

이 근처에는 삼현선로의 나머지 두 명인 지현(地玄), 인현(人玄) 두 진인과 현천대검진의 사십사검수, 그리고 선황파의 최정예고수 삼백여 명이 요소요소에 포진하고 있다.

그들 삼백여 명은 옥선후를 추적하려고 고용한 열두 방파의 오합지졸하고는 근본적으로 차원이 다르다.

그들 서너 명의 능력만으로도 열두 방파 중 한 방파를 몰살시킬 수 있을 정도의 일류고수인 것이다.

천현 진인은 옥선후가 아무리 무림오황 중 한 명이라지만, 삼현선로와 사십사검수를 비롯한 삼백여 최정예고수를 이기지는 못할 것이라고 판단했었다.

그랬기에 최악의 경우에 무력을 사용할 수도 있다는 생각을 했던 것이다.

그러나 옥선후가 전설의 홍예신공을 익혔다면 이야기가 사뭇 달라진다.

또한 천현 진인은 호선이 방금 전에 홍예신공의 위력을 슬쩍 보여준 것에 대해서 감사했다.

그러지 않았더라면 그는 필시 옥선후에게 무력을 사용했을 터이고, 그 결과는 상상조차 할 수가 없을 것이다.

삼현선로와 사십사검수를 비롯한 선황파 삼백여 최정예고수들이 모조리 전멸할 수도 있을 것이고, 운이 좋아서 옥선후를 제압했다고 하더라도 전멸에 가까운 희생을 치러야만 가능할 터이다.

그것은 하책 중에서도 최하책이다.

지금으로서는 옥선후의 말을 믿는 방법뿐이다. 옥선후가

식언을 했다는 소문을 들어본 적이 없다는 사실을 위안으로 삼을 수밖에 없었다.

후우우…….

"하나 묻겠어."

홍예광채가 스러지면서 호선이 천현 진인에게 조용히 말했다.

"항주성에서 날 공격했던 것도 너희들이냐?"

그렇게 물으면서 호선은 천현 진인의 얼굴에서 시선을 떼지 않았다. 그의 표정이 변하는 것을 추호라도 놓치지 않겠다는 뜻이었다.

이것은 매우 중요했다. 봉황궁주 봉황옥선후를 한순간에 호선으로 탈바꿈시킨 일이 아닌가.

그녀가 기억하고 있는 것은, 항주성의 어느 운하에서 만신창이의 몸으로 호리의 배 옆구리에 매달려 있다가 그에게 구출됐다는 사실 뿐이었다.

호선은 천현 진인의 표정이 크게 변하지 않고 단지 씁쓸해지는 것을 발견했다.

"아니오. 빈도는 한 달 보름쯤 전에 한 통의 서찰을 받고 여시주께서 항주에서 큰 봉변을 당했다는 사실을 비로소 알게 되었소."

"서찰?"

"그렇소. 서찰에는 옥선후 여시주가 항주성 내에서 중상을 입은 채 행방이 묘연한 상태이니, 그녀를 제거하려거든 지금이 절호의 기회라고 적혀 있었소."

호선은 잘근 입술을 깨물었다. 그렇다면 천현 진인에게 서찰을 보낸 자가 항주성에서 호선에게 중상을 입혔을 가능성이 매우 컸다.

"서찰을 보낸 자가 누구지?"

"모르오."

천현 진인은 고개를 가로저었다. 그렇게 말하는 그의 표정은 변하지 않았다.

호선은 이 상황에서 온전히 자신의 눈과 직감만을 믿을 수밖에 없었다.

"그처럼 중대한 일을 단지 서찰 한 통을 받고 덜컥 믿었다는 말인가?"

호선이 예리하게 캐물었다. 당연한 질문이었다.

천현 진인은 나직한 한숨을 토해냈다. 이런 말까지 해야만 하는 상황 때문이었다.

그러나 대답을 듣지 않으면 호선이 그냥 호락호락 물러날 것 같지 않았다.

"확인을 해봤기 때문에 가능한 일이었소."

"어떻게 확인을 했다는 거지?"

"의문의 서찰을 받은 직후 빈도는 추홍쌍신(秋紅雙神)에게 중요한 일로 옥선후 여시주를 만나고 싶다고 슬쩍 운을 떼어 보았었소. 그러나 추홍쌍신은 즉시 거절했소. 왜 거절하는지 이유도 설명하지 않았소. 그래서 빈도는 추홍쌍신 중에 홍엽(紅葉) 여시주의 측근 한 명을 매수하는 편법을 사용했고, 그 사람으로부터 옥선후가 실종됐다는 대답을 들을 수 있었소. 그래서 이번 일을 결행하게 됐던 것이오."

"추홍쌍신? 그리고 홍엽은 누구지?"

총명한 호선이지만 실수를 하고 말았다.

일순 천현 진인의 얼굴빛이 흐려졌다. 호선이 자신을 놀린다고 여긴 것이다.

"설마⋯ 옥선후 여시주의 두 충신 추홍쌍신을, 그리고 홍엽이 추홍쌍신의 홍신(紅神)인 것을 모른다는 말씀이시오?"

"홍엽의 측근 누굴 매수했지?"

호선은 그렇게 물음으로써 천현 진인의 물음을 묵살했다.

"우림(羽琳)이라는 사람이오."

호선은 그 이름을 입속으로 한 번 중얼거리고 잘 기억해 두기로 했다.

"나와 내 친구들이 당신 때문에 큰 피해를 입었는데, 그것은 어떻게 보상할 셈이냐?"

그녀가 불쑥 묻자 천현 진인은 움찔 당황했다. 얘기가 다

끝났는지 알았더니 그게 아니었다.

"그걸 내게 줘."

호선이 가리킨 것은 천현 진인이 지팡이처럼 짚고 있는 칠성검이었다.

"이 검은……."

천현 진인은 뜻밖의 상황에 머뭇거렸다. 설마 호선이 칠성검을 요구할 줄은 예상하지 못했었다.

칠성검은 무당파의 문전지보(門傳之寶)로써 가치를 따질 수 없을 정도일 뿐만 아니라, 금석(金石)을 두부처럼 자르는 천하의 명검이다.

칠성검은 천하 명검이라는 것보다는 그 검이 무당파를 상징한다는 상징적인 의미가 더 컸다.

천현 진인이 어쩌지 못하고 난감해하고 있을 때, 호선이 쐐기를 박았다.

"그 검을 약속의 징표로 삼도록 하지. 이후로는 내가 절대로 천하 무림을 제패하지 않을 것이라는."

천현 진인의 안색이 밝아졌다. 칠성검이 비록 무당파를 대표하는 보검이긴 하지만, 천하 무림의 평화와 안녕을 위한 징표로 사용 된다면 그야말로 적격이었다.

원래 검의 쓰임새는 살상이다. 그러나 무당파나 선황파 같은 협의지문(俠義之門)의 검은 사람을 살리는 활검(活劍)이어야 하는 것이다.

천하 무림을 도탄에서 구하고 또 영세평화를 지속시켜야 한다는 숭고한 목적으로 무당파와 화산파, 형산파, 나부파가 주축이 되고, 열다섯 개의 도가지문(道家之門)이 합세를 하여 선황파를 세우지 않았었는가.

그러므로 무림의 평화를 지키기 위한 징표로써 칠성검을 옥선후에게 준다면, 칠성검은 무당파를 상징하는 검에서 한 걸음 더 나아가 천하 무림의 평화를 상징하는 검이 될 것이 분명했다.

호선의 말을 듣고 보니 그녀가 사양하더라도 천현 진인이 극구 칠성검을 바쳐야 할 상황이었다.

척!

이윽고 천현 진인은 어깨에서 검집을 풀어 칠성검을 꽂은 후 두 손으로 받쳐 들고 엄숙하게 호선에게 내밀었다.

비록 아무 말도 하지 않았지만, 그는 호선이 칠성검을 몸에 지니고 다님으로써 감응납수(感應納受)하기를 진심으로 기원했다.

그러나 사실 호선의 속마음은 딴 데 있었다. 그녀는 더 이상 추적자들이 없을 것이므로 이제는 호리에게 돌아가도 될 것이라고 생각했다.

그렇지만 그 난리를 피우고 호리 곁을 떠나왔는데, 아무 일

없었다는 듯이 돌아가기가 좀 멋쩍었다.

  그래서 사과의 표시로 호리에게 칠성검을 선물하는 것이 어떻겠는가 하고 생각한 것이었다.

  그녀가 보기에 칠성검은 평범한 검이 아니라서 호리에게 꼭 어울릴 것만 같았다.

第二十九章
칠룡검(七龍劍)

一擲賭者乾坤

추적자들이 언제 또다시 들이닥칠지도 모르는 판국에 호리궁을 강 한복판에 버젓이 띄워놓고 있는 것은 자살행위나 다를 바가 없었다.

더구나 얼마 전에 호선이 호리궁을 떠났던 바로 그 자리에서 말이다.

하지만 철웅과 은초는 그런 호리의 결정에 한마디도 이견을 내세우지 않았다.

그렇듯 호선이 무사히 돌아오기만을 기다리는 사람은 호리 혼자만이 아닌 것이다.

호리는 후갑판의 난간 가에 서서 강변 쪽을 주시하고 있었다.

그 강변은 호선이 사라졌던 방향이다. 지금 그는 호선이 다시 돌아오기를 기다리고 있었다.

"호리야, 내가 지켜보고 있을 테니 좀 쉬도록 해."

철웅이 뒤에 다가와 걱정스럽게 말하는 데에도 호리는 뒤돌아보지도 않았고, 대꾸도 하지 않았다.

철웅은 무슨 말인가 하려다가 그 역시 소용이 없을 것이라 여기고 나직한 한숨을 토하면서 선실로 향했다.

호리는 호선이 배를 떠난 직후에 그녀를 따라갔다가 돌아와서는 지금 서 있는 자리에서 한 걸음도 움직이지 않은 채 한곳만을 응시하고 있는 중이다.

철웅과 은초가 벌써 여러 차례 쉴 것을 권유했지만 호리는 들은 체도 하지 않았다.

"걱정하지 마라. 괜찮을 거야. 호선이 그랬잖아. 호리 공력이 무려 이 갑자라고."

힘없이 선실로 들어서는 철웅에게 은초가 위로했다.

"이 갑자 공력이 어느 정도인지는 잘 모르겠다만, 한 자리에 몇 시진쯤 서 있는 것으로는 끄떡없을 거야."

은초는 수련실에서 은초혈선풍 발출하는 연습을 하고 있다가 호리가 걱정이 되어 잠시 올라왔다.

그가 선실의 창을 통해서 호리를 잠시 쳐다본 후에, 다시 연습을 하기 위해 중간층으로 내려가려고 계단을 밟았을 때 철웅이 호리를 보며 힘없이 중얼거렸다.

"공력이 있기 때문에 몸이야 버틴다고 하지만, 마음은… 공력이 없는 마음은 어떻게 버티지?"

은초는 동작을 멈추고 철웅을 쳐다보았다. 그의 표정에는 '저 곰 같은 녀석이 어떻게 사람의 마음을 다 헤아려?' 하고 놀라는 기색이 역력하게 떠올라 있었다.

석양이 호리 뒤쪽의 산과 강을 붉게 물들이고 있었다.

'기다려도 오지 않으면?'

그는 드문드문 속으로 자문자답하고 있었다.

'더 기다린다.'

지는 해가 산에 반쯤 걸렸다.

'그래도 끝내 오지 않으면?'

수없이 자문하다가 언제나 마지막에 이르는 내용의 물음이다.

그리고 그 물음에는 자답(自答)할 수가 없었다.

그렇지만 언제까지나 이곳에서 호선을 기다릴 수는 없는 일이었다.

현실을 외면할 수도 없었다. 호리에겐 사부 조항유를 만나서 사매 연지를 구해야만 하는 무엇보다 큰 사명이 있다.

사부는 길거리에서 울고 있는 다섯 살짜리 어린 호리를 거두어 친아버지 이상으로 온갖 사랑을 베풀면서 그를 키워준 은인이다.

끼니조차 제대로 잇지 못한 시절에도 호리를 버리지 않았으며, 비록 사부와 사모는 굶을지언정 호리와 연지만은 멀건 죽이라도 먹이려고 갖은 고생을 다했었다.

그러므로 호리로서는 진정 사부와 사모의 은혜는 하늘처럼 넓고도 커서 목숨이 다하도록 갚아도 결코 이루지 못할 터이다[欲報深恩昊天罔極].

'내일 날이 밝을 때까지만 기다리자.'

결국 그는 그렇게 결정을 내려야만 했다.

하지만 위험한 결정이었다.

열두 방파로부터 최대한 멀리 도망쳐야 하는데 강 한복판에 떡하니 버티고 있으니, 이것은 우릴 죽이라고 시위를 하는 것이나 다름이 없었다.

그렇지만 추적자들 눈에 안 띄게 강어귀의 풀숲 으슥한 곳에 호리궁을 감추어둘 수도 없었다.

만약 그랬다가 되돌아온 호선이 호리궁을 발견하지 못하고 그냥 지나쳐 버린다면, 아예 기다리지 않고 떠나 버리는 것보다 못한 상황이 돼버리고 마는 것이다.

그런데 호리는 아까 호선을 따라갔다가 호리궁으로 돌아

올 때에도, 그리고 그때 이후 지금까지 열두 방파의 수하라고 의심할 만한 사람을 한 명도 발견하지 못했다.

오늘 하루 종일 강은 평상시와 다름이 없는 광경이었다. 고기를 잡는 어선들과 짐을 실어 나르는 장사꾼들의 배들만 상, 하류로 부지런히 오갈 뿐이었다.

그래서 그는 혹시 그들 열두 방파가 모조리 호선을 추격해 갔기 때문에 이 근처에는 남아 있지 않은 것인가 하고 생각해 보았다.

그럴 가능성이 가장 컸다. 호리는 호선의 슬픔에 가득 찬 봉황후도 들었었다.

열두 방파들이 그 봉황후를 못 들었을 리가 없다. 그들은 호선을 추격하여 이곳으로부터 멀리 간 것이 분명했다.

호선은 위험요소인 자신이 호리궁을 떠났을 뿐만 아니라 열두 방파들까지 모조리 끌고 가버린 것이다.

정말 그렇다면 호선은 영영 돌아오지 않을지도 모른다.

'그래도 기다린다. 내일 동이 틀 때까지.'

호리는 그때까지 이 자리에서 한 발자국도 움직이지 않을 생각이다.

만약 호선이 돌아오지 않는다면, 그것이 호선에 대한 마지막 배려라고 생각하기 때문이다.

이제 주위는 밝음보다는 어둠이 짙어졌다.

어선들은 모두 자신들의 어촌으로 돌아갔고 상, 하류를 오가는 장사꾼들의 배도 거의 보이지 않았다.

강은 바다와는 달리 밤중에는 배들이 운항을 하지 않는 것이 원칙이다.

곳곳에 급류나 소용돌이, 여울이 산재해 있으며, 수심이 고르지 않아서 섣불리 운항하다가는 십중팔구 난파당하기 십상이기 때문이다.

호선은 그리 높지 않은 산의 꼭대기에 오르는 즉시 서쪽을 바라보았다.

"아!"

그녀의 입에서 낮은 탄성이 새어 나왔다.

있었다.

호선이 떠났을 때처럼, 호리궁은 도도히 흐르는 장강 한가운데 그 자리에 그대로 있었다.

'호리가 날 기다리고 있었어!'

호선은 가슴이 터질 것처럼 벅차올랐다.

'나는 그를 떠났는데… 그는 날 버리지 않았어!'

가슴이 요동치면서 뜨거운 눈물이 솟구쳤다.

그녀의 눈과 입, 아니, 얼굴 가득 더할 수 없는 기쁨이 떠올라 있었다.

'조금만 기다려! 내가 갈게 호리!'

호선은 비 오듯이 눈물을 흘리면서 산 아래를 향해 바람처럼 쏘아 내려갔다.

그녀의 그리 길지 않은 십팔 년 생애에서 지금처럼 기쁘고 또 눈물을 많이 흘린 적은 없었다.

지금 그녀는 천현 진인을 눈 아래로 굽어보면서 그토록 당당하고 위엄있던 봉황옥선후가 더 이상 아니었다.

그저 호리의 끝없는 보호가 간절하게 필요한 철부지 소녀 호선일 따름이었다.

"후우……."

호리는 오랫동안 강변을 주시한 탓에 눈이 시어져서 잠시 눈을 감았다.

"……!"

그런데 막 눈을 감으려는 순간에 무엇인가를 본 것 같았다.

밝음보다 어둠이 더 짙어진 상태고, 강변까지는 칠십여 장의 먼 거리지만, 호리는 찰나지간에 본 그것이 호선의 모습 같았다는 생각을 했다.

그래서 급히 감으려던 눈을 크게 떴다.

눈을 감기 직전에 얼핏 보았던 그것은 강변에 닿지도 않았었는데 지금은 강 위를 바람처럼 쏘아오고 있었다.

'호선!'

틀림없는 호선이었다.

'난 떠날 거야'라고 말하고는 뒤도 돌아보지 않고 떠났던 바로 그 호선이었다.

호리는 호선 뒤쪽 강변과 그 너머를 보았다. 그녀를 추격하는 무리는 없었다.

그는 다시 호선을 보며 어디 다친 곳이 없는지 살폈다.

그러나 다친 곳도 없었다. 그녀는 마치 잠시 산책을 하고 돌아오는 것처럼 떠날 때와 다름이 없는 모습이었다.

호선이 강에서 솟구치며 호리궁을 향해 비스듬히 쏘아올 때, 호리는 그녀가 울고 있는 것을 발견했다.

척!

잠시 후 호선은 호리 앞에 가볍게 내려선 후 아무 말도 하지 않았다.

그녀는 몸을 가늘게 떨었으며, 하염없이 눈물을 흘렸고, 호리를 바라보는 얼굴에는 기쁜 표정이 가득했다.

호리는 우뚝 선 채 꼼짝도 하지 않고 호선을 응시했다.

어찌 보면 그는 무표정한 것 같기도 했고, 화가 난 얼굴 같기도 했다.

호선은 달려가서 호리에게 안기고 싶었다. 그렇지만 호리의 자세와 표정이 너무 완고해서 머뭇머뭇 망설이고 있었다.

호리도 그녀를 안아주고 싶었다. 안고서 등을 토닥이며 잘 돌아왔다고, 어디 다친 곳은 없느냐면서 위로해 주고 싶었지만, 참고 있었다.

"또 그럴 거야?"

이윽고 호리가 냉정하려고 애쓰면서 나직이 물었다.

그러나 호선은 그 목소리에서 기쁨과 안도를 생생하게 느낄 수 있었다.

"아니, 이젠 절대 안 그럴게."

호선이 고개를 살래살래 가로젓자 눈물이 후드득 뿌려졌다.

그러자 비로소 호리의 표정이 부드러워졌다. 입가와 눈가에 호선이 그토록 그리워하던 예의 훈훈한 미소가 떠올랐다.

"어디 다친 곳은 없어?"

"우와앙!"

순간 호선은 어린아이처럼 크게 울음을 터뜨리면서 호리의 품으로 뛰어들었다.

호리는 그녀를 안고 부드럽게 등을 쓰다듬었고, 그녀는 자꾸만 더 깊이 그의 품속으로 파고들었다.

호선은 쉽사리 울음을 그치지 않았다. 얼마나 울었는지 잠깐 사이에 호리의 앞섶을 흠뻑 적셨다.

정말 신기한 일이었다.

호선은 호리의 품에 안긴 순간 여태까지 느꼈던 마음의 고통들이 순식간에 사라지는 것을 느꼈다.

뿐만 아니라 말로 표현할 수 없을 만큼 편안했다.

마치 호리의 품이 마음과 몸의 영원한 고향이고 안식처인 것만 같다는 생각이 들었다.

그 순간 호선은 한 가지 사실을 깨달았다.

자신을 낳아준 사람이 친부모였다면, 기억을 잃은 후 제이의 인생을 열어준 사람은 호리라는 사실을.

그렇다. 호리는 그녀의 부모이자 고향이며 보호자인 것이다.

"내 곁에 있다가 기억을 되찾으면, 그때 떠나."

호리가 호선의 등을 토닥이며 온화하게 말했다.

호선은 아무 말도 하지 않았다. 아니, 말이 나오지 않았다. 하지만 마음속으로 맹세하고 있었다.

'기억을 되찾아도 호리 곁을 떠나지 않을 거야!'

지난번에 그런 약속을 했을 때에는 말로 했었지만, 지금은 마음속으로 자신과 약속했다. 아니, 이것은 맹세였다.

약속이나 맹세는 원래 자기 자신과 하는 것이다. 그것을 지키거나 깨는 사람이 바로 자신이기 때문이다.

호선은 고개를 들어 호리를 바라보았다.

그녀의 얼굴은 온통 눈물범벅이었다. 그렇기 때문에 더욱 청초하고 농염하게 아름다웠다.

천하가 그녀에게 구주일미라는 아호를 헌상한 것은 실로 당연한 일이었다.

"그만 들어가서…… 읍!"

말하려는 호리의 입술을 호선의 입술이 훔쳤다.

호리에 비해서 크기가 반도 되지 않는 호선의 작고 붉은 입술이 호리의 입을 덮고 비비더니 급기야 매끄러운 혀가 그의 입속으로 들어갔다.

호리는 움찔 몸이 굳었다가 이윽고 달고 부드러운 혀를 힘주어 빨아들였다.

그렇게 오랫동안 두 사람은 떨어질 줄을 몰랐다.

호선의 머릿속에는 얼마 전에 자신이 천현 진인에게 했던 말이 맴돌고 있었다.

"내가 사랑하는 사람은 호리야."

수련실에서는 철웅과 은초가 비지땀을 흘리면서 수련에 열중하고 있었다.

철웅은 백조비무격을, 은초는 과녁을 향해 은초혈선풍을 쏘아내느라 여념이 없었다.

두 사람은 호선에 대한 걱정을 잠시나마 잊으려고 더욱 열

성적으로 수련에 임했다.

척!

그때 수련실 문이 열리면서 호리가 들어섰다.

"호리야!"

수련실 문과 가깝게 있던 철웅이 먼저 호리를 발견하고는 다가가며 호리를 부르자 은초도 은초혈선풍을 던지려다가 급히 호리에게 다가왔다.

그러나 두 사람은 곧 호리를 뒤따라 들어서고 있는 호선을 발견하고 걸음을 멈추며 크게 놀라는 표정을 지었다.

호선은 나란히 서 있는 두 사람 앞으로 다가가 멈추었다.

두 사람의 얼굴에는 반가운 기색이 역력했으나 어떻게 말을 해야 할지 모르는 것 같았다.

"철웅. 은초."

그때 호선이 언제나 그랬듯이 딱딱한 표정으로 조용히 두 사람을 불렀다.

"으… 응."

"…왜?"

두 사람은 호선이 자신들에게는 염라대왕 같은 존재였었다는 사실이 갑자기 떠올라 어눌하게 대답했다.

"허리 좀 굽혀봐."

두 사람은 호선이 머리라도 한 대 쥐어박으려나 보다 싶어서 엉거주춤 그녀 쪽으로 허리를 굽혔다.

와락!

"반갑다! 친구들아!"

"어엇?"

"왓?!"

호선이 갑자기 양팔을 벌려 자신들의 목을 끌어안으며 밝게 외치자 한 대 얻어터질 것을 각오하고 있던 두 사람은 화들짝 놀랐다.

"보고 싶었어!"

두 사람이 놀라서 허리를 펴자 호선은 여전히 양팔로 그들의 목을 안은 채 대롱대롱 매달려서 소리쳤다.

"으헤헤! 나도 보고 싶었어!"

철웅은 호선이 언제 염라대왕으로 보였냐는 듯 금세 헤벌쭉 웃으며 맞장구를 쳤다.

하지만 은초는 호락호락하지 않았다. 그는 허리를 꼿꼿하게 편 채 냉정한 얼굴로 호선을 주시하며 물었다.

"너, 방금 우릴 뭐라고 불렀지?"

"친구."

"누구 맘대로?"

은초는 턱을 치켜들고 짐짓 오만한 표정을 지었다.

"싫어?"

은초는 가볍게 움찔했지만 기세를 늦추지 않았다.

"싫은 건 아니고……."

"그럼?"

"우리가 친구라는 것을 증명해 봐."

"어떻게?"

"우리에게도 호리처럼 무공을 가르쳐 줘."

그러자 호선이 팔을 풀고 바닥에 내려선 후 담담히 호리를 돌아보았다.

"호리가 허락하면."

은초와 철웅은 간절한 눈빛으로 호리를 바라보았다.

호리는 빙그레 미소를 지으면서 고개를 끄덕였다.

그러자 호선도 배시시 미소 지으며 고개를 까닥였다.

"알았어. 내일부터 너희들에게도 무공을 가르쳐 줄게."

"우왓! 신난다!"

철웅은 기쁨을 이기지 못하고 육중한 몸을 펄쩍펄쩍 뛰면서 기뻐했다.

은초는 의기양양해서 제 가슴을 두드리며 뻐겨댔다.

"나한테 고맙다고 그래, 임마!"

"고맙다, 은초야! 고마워, 호선아!"

그 광경을 보면서 호리는 가슴이 훈훈해지는 것을 느꼈다.

그에겐 이들 세 사람이 가족이나 다름이 없었다. 한나절 만에 네 가족이 한자리에 다시 모이게 됐으니 어찌 기쁘지 않겠는가.

그때 은초가 갑자기 호리에게 무림인처럼 포권을 하고 허리를 깊숙이 굽혀 보였다.

"궁주, 이 모든 것이 궁주의 은혜입니다."

호리는 의아한 표정을 지었다.

"궁주라니, 갑자기 무슨 뚱딴지같은 소리야?"

은초는 허리를 굽힌 채 공손히 아뢰었다.

"우리들의 우두머리고, 호리궁의 주인이니, 호리궁주(狐狸宮主)라 부르는 것이 당연하지 않겠습니까?"

호리는 어이없는 얼굴로 손을 저었다.

"집어치워라. 재미없다."

은초는 허리를 펴면서 개구쟁이 같은 표정을 지었다.

"재미… 없냐?"

그때 호선이 배를 쓰다듬으면서 호리를 바라보았다.

"궁주, 배고파."

"너까지 왜 그래?"

철웅이 호리에게 정중히 포권을 하고 허리를 굽히면서 우렁차게 외쳤다.

"궁주! 속하들이 지금 곧 저녁 식사 준비를 할 테니 잠시만 기다려 주십시오!"

"이것들이 정말……."

호리가 눈썹을 치켜뜨자 호선과 철웅, 은초는 서로 눈짓을 주고받고 나서 일제히 호리에게 허리를 굽히면서 외쳤다.

"궁주! 고정하십시오!"

호리의 방.

"이게 뭐냐?"

호리는 호선이 불쑥 내민 칠성검을 받아 들고 의아한 표정으로 물었다.

"음……."

호선은 머뭇거렸다.

그녀는 천현 진인과 헤어진 후 그가 정말 물러갔는지, 아니면 그가 고용했던 열두 방파들이 근처에서 얼쩡거리고 있지는 않은지 확인하느라 주변 수십 리 일대를 돌아다녀 보고 나서 아무도 발견하지 못하고 안심을 했다. 이후 호리궁으로 돌아오는 내내 이 검을 호리에게 주면서 뭐라고 말할까를 궁리했지만 적당한 말이 떠오르지 않았었다.

"그냥 가져."

침상에 마주 앉은 자세에서 호선은 대수롭지 않은 듯 손을 젓고는 열어놓은 창밖을 내다보는 체했지만 온 신경은 호리에게 쏠려 있었다. 그가 과연 칠성검을 마음에 들어 할까 조마조마한 심정이었다.

호리는 아직 검을 뽑지 않은 상태에서 이리저리 자세히 살펴보고 있었다.

검의 길이는 석 자 다섯 치 정도로 보통 검보다 반 자 가량 더 길었다.

검집은 전체적으로 검은색에 가까운 검푸른 색이며 종류를 알 수 없는 어피(魚皮)로 만들어졌고, 검신과 검파의 경계 부위인 호수(護手), 즉 검격(劍格)은 황금색과 은색이 반쯤 섞인 금속으로 이루어졌는데, 양쪽 끝이 검신 쪽으로 뾰족하게 구부러진 모습이었다.

손잡이인 검파 전체는 청옥과 홍옥이 고르게 섞여 한 마리 용(龍)의 형상을 이루었으며, 검의 끝인 운두(雲頭)는 한 번 검을 잡으면 여간해서는 놓치지 않을 것처럼 검파의 두께보다 두 배 정도 크고 넓게 돌출되어 있었다.

호리는 칠성검을 두 손으로 받쳐서 눈높이로 들어 올린 후 감상하듯이 살펴보았다.

호선은 조심스럽게 호리의 얼굴을 보다가 입가에 배시시 미소가 피어올랐다.

그녀는 호리를 만난 이후 그가 지금처럼 긴장하고 또 진지한 표정을 짓는 것을 처음 보았다.

"어때?"

호선이 나직이 물었지만 호리는 검을 살피느라 그녀의 말을 듣지 못한 것 같았다.

호리는 칠성검의 겉모습이 마음에 쏙 들었다. 물건을 보고 한눈에 반해 버리기는 생전 처음이었다.

어쩌면 물건이기 때문에 그런 마음이 들었는지도 몰랐다. 말하고, 떠들고, 이랬다저랬다 변덕스러운 사람이었다면 한눈에 반하는 일 따윈 절대 없었을 것이다.

무림인들이나 하오배들이 검을 메고 다니는 것을 많이 봤었고, 그때마다 호기심 때문에 유심히 살폈으며, 언젠가는 자신도 근사한 검을 갖게 되기를 소망했었던 호리다.

그 당시 그가 봤던 검들은 하나같이 멋있고 훌륭했었다.

그러나 지금 이 검을 보니 과거에 훌륭한 검이라고 생각했던 것들은 모조리 형편없게 여겨졌다.

굳이 표현하자면, 이 검이 월광이라면 지난날 봤던 검들은 죄다 반딧불이 정도의 수준이었다.

호리는 경건한 의식을 치르듯 왼손으로 검집을 잡고 오른손으로 검파를 잡았다.

그러자 오른손이 검파에 착 감기면서 손바닥 전체에 약간 싸늘한 느낌이 전해졌다.

그냥 전해진 것이 아니라, 그 느낌이 팔을 타고 어깨를 통해 심장으로 전해지는 기분이었다.

상쾌한 느낌이었다. 그럴 리는 없지만, 마치 오래전에 잃어버렸던 내 검을 다시 잡아보는 듯한 착각마저 들었다.

하지만 지금 호리는 태어나서 처음 진검을 잡아보는 중이었다. 그런데도 내 검 같은 느낌이라니 괴이한 일이었다.

"후우……."

그는 너무 긴장한 탓에 자신도 모르게 나직하고 긴 한숨을 토해냈다.

호선은 호리가 이처럼 긴장할 줄은 조금도 예상하지 못했었다. 그래서 그녀도 괜스레 바짝 긴장되어 칠성검을 뚫어지게 주시하고 있었다.

이윽고 호리는 오른손에 약간의 힘을 주고 천천히 검을 뽑기 시작했다.

스르릉…….

용의 나직한 숨소리 같은 검명이 흘렀다.

호리는 과연 겉모습에 어울리는 검명이라는 생각이 들었다.

그의 호흡이 가빠졌고, 맥박도 빨라졌다.

마침내 검이 다 뽑혔다.

우우웅!

"헉!"

단지 검이 뽑힌 것만으로 용음(龍吟)이 흘러나와 실내의 공기를 거세게 진동시켰다.

그러나 그것뿐이었다면 호리 같은 강심장이 다급한 헛바람 들이키는 소리를 내지는 않았을 터이다.

검이 검집을 벗어나자마자 용음과 함께 세차게 진동을 해서 하마터면 검을 놓칠 뻔한 것이었다.

그뿐만이 아니었다. 검에서 어떤 강력한 힘이 파도처럼 뿜어져 나와 순식간에 호리의 온몸을 훑었다.

하늘에서 내리꽂히는 번개에 맞았다면 아마도 그런 느낌이었을 것이다.

웅웅웅…….

호리가 놓치지 않으려고 힘껏 움켜잡고 있는데도 검은 가늘게 떨면서 낮은 용음을 흘려내고 있었다.

괴이한 일이지만, 호리는 문득 검이 자신에게 반항을 하는 것 같다는 생각이 들었다.

호리는 바닥으로 내려가 우뚝 선 채 검신을 자세히 살펴보기 시작했다.

검신 전체는 먹물을 바른 듯한 묵색(墨色)이었다.

그리고 검신 복판에 엄지손톱 크기의 일곱 개의 붉고 둥근 홍옥(紅玉)이 세로로 일정한 간격을 두고 박혀 있었다. 그러나 돌출되지는 않았고 검신의 면과 같은 높이였다.

호리는 검신에 홍옥이, 그것도 일곱 개씩이나 박혀 있는 검은 난생처음 볼 뿐만 아니라 그런 검이 있다는 말조차 들어본 적이 없었다.

또한 검신이 다른 검에 비해서 매우 얇았다. 연검(軟劍)이라고 할 만큼은 아니지만, 검을 쭉 뻗자 검신이 파르르 떨릴 정도였다.

"이 검, 이름이 있어?"

호리가 한참만에야 입을 열었다.

"몰라. 호리가 하나 지어봐."

호리는 고개를 끄덕이고 난 후 묵묵히 검을 주시하다가 조용하지만 힘있게 중얼거렸다.

"칠룡검(七龍劍)이 좋겠군. 검신에 박힌 일곱 개의 옥이 마치 일곱 마리 용 같다는 생각이 들어."

호선은 미소를 지었다.

"좋은 이름이야."

호리는 우뚝 서서 전면을 향해 칠룡검을 쭉 뻗었다.

이런 느낌은 정말 처음이었다.

그는 자신과 칠룡검이 하나가 된, 즉 혼연일체(渾然一體) 된 느낌을 떨쳐 버릴 수가 없었다.

第三十章
불귀환(不歸還)

一擲賭者
草乞乾坤

호리는 공평을 기하기 위해서 네 사람 모두 돌아가면서 두 시진씩 교대로 호리궁을 몰기로 했다.

호리 자신은 물론이고, 호선이라고 해서 예외가 없었다.

호리와 은초 둘 다 무공을 배우고 있는데, 왜 철웅이라고 배우고 싶지 않겠는가.

그의 성격이 무던해서 묵묵히 혼자 가슴앓이를 할 뿐이지, 무공에 대한 열망만큼은 호리와 은초에 뒤지지 않았다.

호선이 호리궁을 떠났다가 다시 돌아오는 사건이 있은 지 오늘로서 닷새째.

지금은 호선이 호리궁을 몰고 있는 중이었다.

철웅에게 반나절 동안 배 모는 법을 이것저것 배웠는데, 원래 총명해서인지 장애물이나 심한 여울이 없는 앞이 확 트인 곳에서는 타주로 방향을 이리저리 바꾸고, 네 개의 활차를 이용하여 돛을 펴고 접으면서 속도를 적당하게 조절하면서 곧잘 하고 있었다.

호선은 선실의 사방 창을 활짝 열어젖힌 상태에서 자꾸 왼쪽 옆 창밖을 힐끗거렸다.

지금 강에는 배들이 그리 많지 않은 상태라서 교대로 배를 몰게 된 지 닷새째인 호선이 정신만 바짝 차린다면 별 걱정은 없을 터이다.

그러나 그녀는 봐야 할 전면보다는 왼쪽 창밖에 더 신경을 곤두세우고 있었다.

"정말 저런 고집불통은 처음 보겠어!"

그녀의 시선 끝에는 호리가 있었다. 그는 갑판이 아니라 물 위에서 죽어라고 달리기를 하고 있는 중이었다.

호리궁의 왼쪽 난간 위에 하나의 굵고 긴 나무가 일직선으로 강을 향해 일 장 길이로 뻗어 있었고, 나무 끝부분에서 아래로 늘어뜨려진 두 개의 질긴 밧줄에 호리가 상체를 단단히 묶은 상태에서 결사적으로 두 팔과 두 다리를 움직이면서 달리기 연습을 하고 있었다.

아니, 그것은 움직인다기보다는 아예 발버둥이었다.

지금 그는 호선이 가르쳐 준 청점활비를 수련하는 중이다.

지난 닷새 동안 그는 자신이 호리궁을 몰아야 하는 시간과 식사 시간. 그리고 밤에 잠을 자거나, 아니면 운공조식으로 잠을 대신하는 시간을 제외한 모든 시간을 청점활비를 수련하는 것으로 보냈다.

호리가 매달려 있는 장치는 순전히 청점활비만을 수련하기 위해서 그가 고안하고 개발해 낸 것이다.

장치라고 할 것도 없이 그저 간단한 기구였다. 두 개의 밧줄로 양쪽 어깨와 가슴을 단단하게 결박했기 때문에 수련을 하는 중에 균형을 잃거나 잠시 힘이 빠지더라도 허리까지만 물속에 잠긴 채 배의 속도에 맞춰 이끌려 갈 뿐 물을 먹는 경우는 없었다.

닷새 동안 틈만 나면 호선과 철웅, 은초가 돌아가면서 호리에게 좀 쉬었다가 하라고 아무리 통사정을 해도 그는 들은 체도 하지 않았다.

결국 호리의 무서운 집념에 세 사람은 아예 두 손 두 발 다 들고 말았다.

그의 집념이 지독하다는 사실은 철웅과 은초도 예전부터 알고는 있었지만, 설마 이 정도일 줄은 몰랐다.

만약 항주 서호변의 울겸림에서 호리가 수련하는 모습을 철웅과 은초가 한 번이라도 봤다면 이 정도까지 질리지는 않았을 것이다.

호선은 초조함과 염려를 얼굴에 가득 떠올린 채 왼쪽 창밖을 바라보았다.

호리가 어금니를 꽉 악문 채 거의 미친 듯이 팔다리를 허우적거리고 있는 광경이 보였다.

그가 비록 이 갑자 내공을 지니고 있다고는 하지만, 사실 청점활비는 이 갑자 이상의 내공이 있어야만 전개가 가능한 상승경공이었다.

호선은 그런 사실을 모르고 호리에게 덜컥 청점활비를 가르쳐 주어 이 난리를 피우고 있는 것이었다.

지금 호리는 아무렇게나 팔다리를 허우적거리는 것처럼 보이지만, 실상인즉 공력을 극한으로 끌어올린 상태에서 청점활비의 구결대로 진기를 주천시키는 것과 동시에 공력을 양 발바닥을 통해서 뿜어내고 있는 상황이었다.

호선이 가늠하기로는 저 상태로 반 시진 정도만 몸부림을 치고 나면 진기가 고갈될 것이 뻔했다.

그런데도 호리는 아침 식사를 한 후 현재까지 두 시진 가까이 저러고 있는 것이다.

더구나 그런 상황이 오늘까지 닷새째 지속되고 있으니 호선이 기가 질릴 만도 했다.

호선이 보기에 호리는 고집불통이기도 하지만 천하에 다시없을 독종이었다.

"돼, 됐다!"

그때 호리가 기쁜 탄성을 터뜨리는 소리를 듣고 호선은 급히 그를 바라보았다.

그를 매달고 있는 나무막대가 난간에서 옆으로 일 장이나 길게 뻗어 있었기 때문에 선실에 있는 호선은 그의 전신을 한눈에 볼 수 있었다.

그녀는 호리의 두 발이 뒤뚱거리면서도 수면 위를 살짝살짝 딛는 것을 발견하고 기쁜 표정을 지었다.

비록 호선이 보기에는 젖먹이가 아장아장 걸음마를 하는 수준이었지만, 호리가 닷새 동안 얼마나 고생을 했는지 잘 알기 때문에 진심으로 기뻐했다.

"엇?"

그렇지만 호리는 네 걸음째 왼발을 내딛다가 그만 물속에 처박히고 말았다.

촤아아—

하지만 하체가 물속에 잠긴 채 밧줄에 의해서 끌려가는 호리의 입가에는 만족한 미소가 떠올라 있었다.

마침내 닷새 만에 처음으로 성공한 것이다. 비록 세 걸음밖에 떼어놓지 못했지만 청점활비의 이치와 요령을 깨달았기 때문이었다.

엿새 전 아침에 호선이 구결을 가르쳐 준 후, 순전히 호리의 노력만으로 이루어낸 것이다.

이제부터가 진짜 수련이다.

지금 이 순간부터 청점활비는 호리의 것이 되는 것이다.

"호리!"

호선이 급히 부르자 호리는 그녀를 쳐다보지도 않고 외쳤다.

"아무 소리도 하지 마!"

호선은 이 시점에서 한마디 조언을 해주면 호리가 가일층 진전을 이룰 것이라고 판단했다.

그렇지만 지난 닷새 동안 그랬던 것처럼 그녀의 조언은 여지없이 봉쇄당하고 말았다.

'고집불통!'

호선은 조금 전처럼 또 입을 부루퉁하게 내밀었다. 그러나 호리가 왜 그러는지 알기 때문에 오히려 속으로는 그가 대견하다는 생각이 들었다.

호리는 스스로 노력해서 깨우치려는 것이다. 어렵게 깨닫고 배워야 완전하게 자신의 것이 된다고 믿기 때문이고, 호선은 그가 옳다고 생각했다.

호리가 어설프나마 가까스로 첫 성공을 이루고 나서 다시 한 시진이 흘렀다.

진기가 고갈되어 가고 있는 상태였지만 일단 성공했기 때문에 힘든 줄도 모른 채 연신 엎어지고 자빠지면서도 쉬지 않고 발버둥을 치고 있었다.

어느덧 그는 물에 빠지지 않고 수면 위로 십여 걸음 정도 달릴 수 있게 되었다.

그렇지만 아직도 초보단계에 불과했다. 지금처럼 한 걸음의 보폭(步幅)이 반 장 남짓밖에 안 된다면 그저 물 위를 뒤뚱거리면서 달릴 수 있다는 사실뿐이다.

다음 단계는 발로 수면을 박차면서 앞으로 내달려야 한다. 그래서 보폭이 점차 늘어나야 하는 것이다.

그래서 지금 호리는 수면을 박차면서 앞으로 튀어나가는 수련에 열을 올리고 있었다.

힘을 주어 세게 박차면 발밑에 만들어놓은 응결된 진기가 깨어져서 물에 빠지기 십상이고, 약하게 박차면 전진하는 속도와 거리가 줄어들기 때문에 여간 까다롭고 힘든 수련이 아니었다.

중간층에서 수련을 하고 있던 철웅이 자신의 교대 시각이 되어 선실로 올라와 호선에게 말했다.

"애썼어. 이제 그만 쉬어."

불귀환(不歸還) 221

철웅은 호선에게 다가와 타기를 넘겨받으려 하면서 우직하고도 순박한 미소를 지었다.

"아냐. 내가 계속 배를 몰 테니까 너는 내려가서 수련이나 더 하도록 해."

호선은 호리에게 시선을 고정시킨 채 타기를 놓지 않았다.

"엇? 호리가 물 위를 달리고 있잖아?"

호선의 시선을 따라 호리를 보던 철웅이 눈이 휘둥그레져서 낮게 외쳤다.

사실 철웅과 은초는 호리가 무슨 수련을 하는 것인지 전혀 모르고 있었다.

왜 저렇게 밧줄에 매달린 채 물속에 곤두박질쳐 가면서 발버둥을 치는 것인지 궁금했지만, 호리가 호선에게 새로운 무공을 배우고 있는 중이겠거니 여겼었다.

그런데 지금 그가 뒤뚱거리면서 물 위를 달리는 광경을 보고서야 비로소 경공술의 일종을 배우는 중이라고 짐작이나마 할 수가 있게 되었다.

호선과 철웅은 각기 다른 마음으로 바짝 긴장한 얼굴을 하고 눈도 깜빡이지 않으면서 호리를 지켜보았다.

지금 호리는 벌써 수십 걸음째 물에 빠지지 않고 수면 위를 달리고 있는 중이었다.

이제는 수면을 달리는 것이 아니라, 한 걸음에 얼마나 멀리

도약하느냐의 싸움이었다.

"위험해! 앞을 봐!"

그때 호리가 선실을 쳐다보며 다급히 외쳤다.

급히 전면을 쳐다보던 호선과 철웅은 혼비백산했다. 호리궁 전면 칠팔 장 거리쯤에서 세 척의 작은 고깃배들이 둥그렇게 모여서 그물을 걷고 있는 광경을 발견한 것이다.

"어… 어떻게 해?"

호선은 크게 당황해서 순간적으로 어떻게 해야 할 줄을 몰라 발을 동동 굴렸다.

호리궁은 순풍에 네 개의 돛을 모두 펴고 전속력으로 항진 중이라서 불과 눈 두어 번 깜빡거릴 시간이면 고깃배들을 짓뭉개 버리고 말 상황이었다.

세 척의 고깃배에서 그물을 걷고 있던 십여 명의 어부들은 자신들을 향해서 쏜살같이 쏘아오는 호리궁을 발견하고는 놀라서 분분히 강물 속으로 뛰어들고 있었다.

타앗!

순간 철웅이 어깨로 호선을 밀치는 것과 동시에 타기를 움켜잡고 있는 힘껏 왼쪽으로 꺾었다.

구우웃!

순간 호리궁이 움찔하는 것 같더니 왼쪽으로 급격히 방향을 꺾으면서 배의 왼쪽 옆구리가 수면에 거의 닿을 듯이 잔뜩 기울어졌다.

촤아악!

호리궁의 강철로 만들어진 선수 부위가 아슬아슬하게 가장자리의 고깃배를 스쳐 지나갔다.

잠시 후에 철웅이 안도의 한숨을 내쉬면서 다시 타기를 움직여 호리궁을 원래의 방향으로 가게 한 후에도 호선은 정신을 못 차리고 멍한 표정이었다.

"이제 됐어. 걱정하지 마."

철웅이 호선을 위로할 때 호리궁 뒤쪽 멀리에서 어부들이 뭐라고 악을 쓰면서 욕하는 소리가 들려왔다.

"휴우……. 고마워, 철웅아."

"아… 아니, 뭘 그까짓 걸……."

호선이 한숨을 토해내면서 철웅의 손을 잡으며 고마움을 표하자 그는 금세 얼굴이 빨개져서 어쩔 줄을 몰라 하며 슬며시 잡힌 손을 뺐다.

두 사람 사이에 기묘한 정적이 감돌았다.

그들은 뭔가 허전하면서도 공허함을 느꼈다. 마치 밥을 입에 넣고는 반찬을 먹지 않은 듯 미진한 기분이었다.

"어머? 호리!"

"앗! 호리!"

다음 순간 두 사람은 동시에 외치면서 급히 호리가 있던 쪽을 쳐다보았다.

나무 끝에 물에 흠뻑 젖은 호리가 축 늘어진 채 대롱대롱 매달려 있는 모습이 보였다.

호리궁이 고깃배들을 피하느라 왼쪽으로 급격히 방향을 틀었을 때 왼쪽 옆구리가 수면에 닿을 듯 말 듯했으니, 나무 막대가 물에 잠긴 것은 당연했으며, 호리가 어찌 됐을지는 어렵지 않게 짐작할 수 있는 일이었다.

호리 일행이 항주를 떠난 지 오늘로서 딱 두 달이 됐다.

천현 진인은 더 이상 추적하지 않겠다는 호선과의 약속을 지킨 것 같았다.

이십 일이 지난 현재까지 추적대로 보이는 자들은 한 명도 발견하지 못했다.

밤이 되어 호리궁이 운항을 멈췄을 때 이따금씩 호선이 주변을 샅샅이 뒤졌지만 결과는 마찬가지였다.

이제 호리 일행은 어떻게든 낙양에 하루빨리 도착하기만 하면 되는 것이다.

오늘 밤 호리궁이 정박해 있는 지점은 호북성(湖北省) 동쪽에 위치한 장도호(張渡湖)였다.

호북성은 천하에서도 손꼽히는 거대한 물줄기인 장강과 한수(漢水)가 각각 서쪽과 북쪽에서 흘러와 성 한복판에서 만나는 곳이며, 수백 개의 크고 작은 강과 하천들이 장강과 한수로 흘러들기 때문에 성 전역에 걸쳐서 거대한 호수들이 많기로 유명하다.

장도호는 북쪽에서 거수(擧水)와 도수(倒水) 두 개의 강이 흘러들어 이룬 거대한 호수로써 남쪽으로는 장강과 맞닿아 있으며, 동서의 폭이 무려 칠십여 리에 이른다.

호리궁은 장강과 장도호가 만나는 곳에서 호수 쪽으로 수백 장 들어온 연안에 정박해 있었다.

은초의 모친과 누나가 부호의 장원에서 종살이를 하고 있다는 무창까지는 불과 백여 리 남짓한 거리여서, 내일 아침에 서둘러서 일찍 출발하면 해지기 전에는 무창에 당도할 수 있을 것이다.

가족이 가까워지자 한시라도 그녀들을 빨리 보고 싶어 하는 은초는 무창까지 밤을 새워 걸어서 가겠다면서 해질 녘에 강변에서 내렸다.

별일이 없다면 그는 내일 정오 전에는 무창에 당도할 수 있을 터이다.

장도호에 어둠이 깔렸다. 그러나 보름달이 휘영청 밝아서 그다지 어둡지는 않았다.

호리궁은 호숫가 야트막한 언덕 아래에 정박해 있었으며,

호선이 혼자 후갑판 난간 가에 서서 아스라한 밤하늘을 바라보고 있었다.

그녀의 표정은 복잡하고도 아련했다.

천현 진인에게 들은 자신의 신분에 관한 얘기들이 이십 일 동안 잠시도 그녀의 머리에서 사라진 적이 없었다.

그는 무림오황의 하나인 봉황궁의 궁주, 봉황옥선후가 호선의 신분이라고 말했었다.

그러나 낯설기만 할 뿐 어디 한 군데 정이라곤 가지 않는 별호였고, 신분이었다.

호선은 자신이 그런 대단한 신분이었다는 사실이 도무지 믿어지지가 않았다.

기억을 잃기 전, 봉황옥선후였을 때에는 과연 어떤 사람이었을지 몹시 궁금했다.

그렇지만 잠시만 생각을 해보면 전혀 짐작할 수 없을 것 같지도 않았다.

지난번에 추적자들, 즉 열두 방파의 수하들이나 천현 진인 등을 대할 때 호선이 자신도 모르게 드러났던 싸늘함이나 살기, 위엄 같은 것들이 아마도 봉황옥선후였을 때의 성격의 한 부분일 것 같았다.

그럴 때면 정신과 가슴속이 얼음처럼 차가워졌으며 입 밖으로 한마디도 내뱉고 싶지가 않았다.

꼭 말을 해야만 할 경우에는 극히 짧은 말만 냉랭하게 내뱉고 싶었다.

귀찮을뿐더러 상대를 벌레처럼 여기기 때문이었다.

또한 가슴속에서 은은히 살기가 들끓었으며, 누가 조금이라도 실수를 하면 절대 용서하고 싶은 마음이 들지 않았다.

봉황옥선후의 성격일 때에는 세상이 온통 뿌연 회색으로만 보였다.

하늘도, 땅도, 숲도, 사람도 모두 회색투성이였다.

회색은 암울함이고, 분노함이며, 살기다.

호선은 자신이 그런 성격이었다는 사실 또한 자신의 신분만큼이나 믿기 힘들었다.

그런데 더 믿기 어려운 것은, 일단 그런 성격이 되고 나면 그것이 몹시 친숙하게 느껴진다는 사실이었다. 마치 어렸을 때 헤어진 쌍둥이를 다시 만난 듯한 느낌이었다.

또한 자신도 모르게 은연중에 그것을 슬며시 즐기는 듯한 느낌을 받기까지 했다.

그렇지만 호선의 성격과 봉황옥선후의 성격 중에서 하나를 고르라고 한다면, 생각해 볼 것도 없이 그녀는 호선의 것이 훨씬 더 좋았다.

호선은 봉황옥선후가 싫었다. 그 신분이었을 때 얼마나 부귀영화를 누리고 또 권세를 휘둘렀는지는 모르겠지만, 그보다는 지금의 호선이 훨씬 좋았다.

그래서 기억을 되찾고 싶다는 생각이 말끔히 사라져 버리고 말았다. 아니, 오히려 기억을 찾게 될까 봐 은근히 겁이 나기까지 했다.

그런 이유 때문에 그녀는 호리에게 자신이 알게 된 신분에 대해서 한마디도 말해주지 않았다.

다른 뜻이 있어서가 아니라 그것을 알려주면 호리가 자신을 어려워하거나 멀리 대할 것 같았고, 또한 그것들을 단서로 해서 봉황궁이나 그곳 사람들을 찾는답시고 발 벗고 나설 것 같았기 때문이었다.

호선은 할 수만 있다면, 오래오래 죽을 때까지 호리 곁을 떠나고 싶지 않다는 것이 지금의 솔직한 심정이었다.

'추홍쌍신이라고 했었지?'

호선은 천현 진인이 말했던 봉황옥선후의 두 명의 충신 이름을 떠올렸다.

십중팔구 지금쯤 그들은 봉황궁의 전력을 기울여서 봉황옥선후, 즉 호선을 찾고 있을 것이다.

보름달이 밤하늘에 둥실 떠 있고, 호선에게서 멀지 않은 호수 위에도 떠 있었다.

밤하늘에 떠 있는 보름달은 호선이고, 호수 위에서 물결에 일렁이고 있는 보름달은 봉황옥선후 같았다.

이지러진 것은 싫다. 싸늘하고, 살벌하고, 스스로 생각해도 밥맛이 뚝뚝 떨어지는 말투는 다 무어라는 말인가.

호선은 지그시 입술을 깨물었다.

'절대 기억을 되찾지 않을 거야! 설혹 되찾게 되더라도 모른 체하고 죽을 때까지 호리 곁에 머물겠어!'

그녀는 고개를 세차게 흔들고는 호리궁에서 뭍으로 홀쩍 뛰어내렸다.

봉황옥선후였을 때 그녀에게 중요한 것들이 무엇이었는지는 모르겠지만, 지금 호선에게 가장 소중한 것은 호리였고 또 자신이 그의 곁에 머무는 것이었다.

멀지 않은 곳에서 호리와 철웅이 각기 자리를 잡은 채 검술 수련에 열중하고 있는 모습이 보였다.

이십 일 전, 호선이 철웅과 은초에게 '친구' 라고 말하자 은초가 반농담조로 무공을 가르쳐 줘야 한다고 했고, 호선은 그러마라고 말했는데 결국 그녀는 약속을 지켰다.

그 다음날 호선이 호리에게 검 두 자루를 사주라고 부탁했고, 호리는 아예 병기전(兵器廛)에서 검과 도, 창, 활 등 십여 종류의 무기들을 각각 세 자루씩 무더기로 구입해서 수련실에 비치해 두었다.

그날부터 호선은 호리와 철웅, 은초에게 정식으로 검법을 가르치기 시작했다.

예전에는 호리에게 무공을 가르치고 싶었어도 도무지 생각이 나지 않았던 호선이었지만, 열두 방파들과 선황파 사람들을 상대하느라 한바탕 무공 실력을 발휘한 경험이 있어서인지, 이제는 무공에 대해서 궁리를 하면 어렵사리 쥐어짜듯이 몇 가닥 구결과 동작이 생각났다.

호리는 호선이 가르치는 검법의 구결을 일단 외우고, 동작을 밤새워 몸에 익도록 수련하고 나서는 동이 트자마자 곧장 강물로 달려가 청점활비를 수련하기 시작했다.

원래 그는 무슨 일을 하건 이것저것 어수선하게 벌려놓는 것을 매우 싫어하는 성격이다.

무공도 마찬가지였다. 한 가지의 기초라도 제대로 익힌 다음에 다음 것을 익히기를 원했다.

순서상으로 검법보다는 청점활비가 먼저였다. 청점활비를 제쳐 두고 검법부터 수련한다면, 그의 성격 때문에 뒤죽박죽 엉망이 되고 말 것이다.

그렇게 보름이 지나 청점활비의 기초를 어느 정도 다졌다는 판단이 서자 그때부터 검법을 수련하기 시작했다.

호리는 검법을 불과 닷새, 철웅은 이십여 일 동안 수련했지만, 지금 두 사람이 수련하는 광경을 보면 호리의 동작이 훨씬 매끄럽고 숙달됐다는 사실을 한눈에 알 수 있었다.

호리는 이 갑자의 공력을 지니고 있지만 철웅은 공력이 전혀 없는 상태다.

 그렇지만 초식무공의 기초를 수련하는 과정에서는 공력의 유무가 그다지 중요하지 않은 법이다.

 초식의 구결을 완전히 이해하고 또 동작을 완벽하게 구사할 수 있어야지만, 비로소 초식에 공력을 실어 발휘할 수 있기 때문이다.

 그러므로 다섯 살 때부터 무공을 배운 호리와 제대로 된 무공이라고는 이십여 일 전에야 난생처음 접한 철웅의 무공 진척을 비교한다는 자체가 어불성설인 것이다.

 더구나 호리는 무공에 천부적인 자질을 갖추고 있는데다가 독종이라고 할 수 있을 만큼 노력파다.

 그는 어떻게 노력해야 좋은 결과를 이끌어낼 수 있는지 자신만의 방법을 정립해 둔 상태이다.

 그리고 더욱 중요한 것은 호리가 자신의 천재성을 인정하지 않고 있으며, 무엇이든 오직 피나는 노력에 의해서만 대성할 수 있다는 신념을 지니고 있다는 사실이었다.

 호선은 팔짱을 끼고 우뚝 서서 두 사람이 수련하는 모습을 진지하게 살펴보았다.

 그녀는 자신이 가르친 이 검법의 이름을 모른다.

 머릿속에 뒤죽박죽 서로 엉켜 있는 여러 무공들을 하나씩

끄집어내서 일일이 초식의 구결과 변화를 이리저리 그려보다가 그중에 검법이라고 생각되는 한 가지를 선택했을 정도이니, 검법의 이름을 기대하는 것은 무리였다.

그러나 사실 그녀가 가르친 검법은 무림에서도 몇 손가락 안에 꼽히는 상승검법이었다.

하긴, 무림오황 중에 봉황궁주인 그녀가 어설픈 무공을 지니고 있겠는가. 그렇지만 그녀는 이 검법이 몇 초식으로 이루어졌는지는 모른다.

호선이 아무리 머리를 짜내 봐도 이 초식밖에 생각나지 않아서 그것이 전부인 줄로만 알고 있는 상황이었다.

일초식은 거센 바람에 휘날리는 수많은 꽃잎들처럼 현란하고, 이초식은 간명하면서도 빠른 것이 특징이다.

겉으로 보기에는 현란한 일초식이 익히기가 어렵고, 간명한 이초식은 쉬운 듯 보였으나 실상은 정반대였다.

일초식은 구결을 깨우치고 동작과 변화를 끊임없이 반복적으로 수련하면 좋은 결과를 이룰 수가 있지만, 이초식은 구결이나 동작이 간명한 만큼 얼마나 노력하느냐에 따라서 성패가 좌우된다.

그것은 이른바 '김 안 나는 숭늉이 더 뜨겁다'라는 속담과 같은 이치였다.

빠른 검법이라는 것은, 얼마나 빨리 검을 뽑느냐. 즉, 발검(拔劍)이 첫째 관건이다.

그다음은 얼마나 신속하게 검을 뻗어 목표물을 정확하게 찌르고 베냐는 것이다.

일초식은 무척 위력적인 반면에, 이초식은 빠르기만 할 뿐 그다지 큰 위력은 없다.

그러나 원래 쾌검(快劍)은 위력적일 필요가 없다. 상대의 무기와 맞부딪치기 전에 급소를 찔러 버리기 때문이다.

또한 어떤 무기든 그것에 위력이 실리면 실리는 만큼 자연히 빠르기가 둔화될 수밖에 없는 법이다.

무인으로 살아가면서 검으로 바위를 뚫거나 벽을 부숴야 하는 경우가 과연 얼마나 있겠는가.

검의 표적은 사람이다. 아무리 위력이 없는 초식이라고 해서 설마 검이 사람의 몸을 뚫지 못하겠는가.

호리는 이 검법에 비전검법(飛電劍法)이라는 이름을 붙였으며, 일초식은 비화검(飛花劍), 이초식은 전쾌검(電快劍)라고 불렀다.

비화검은 다수를 상대할 때 유리하고, 전쾌검은 일 대 일 싸움에서 적합했다.

호리는 개인적으로 비화검보다는 전쾌검을 더 마음에 들어 해서 전쾌검을 연마하는 데 주력했다.

전쾌검의 간명한 초식과 명쾌한 결과가 딱 부러지는 자신의 성격과 맞아떨어졌기 때문이다.
 그때 호리가 동작을 멈추고 주위를 둘러보더니 근처의 잡목 숲으로 걸어 들어가자 호선도 뒤를 따랐다.

第三十一章
비전검법(飛電劍法)

一攫賭者
乾坤

그곳은 한 아름 정도 굵기의 나무들이 넓은 지역에 띄엄띄엄 서 있는 장소였다.

호리는 걸음을 멈추고 전면에 있는 세 그루의 나무를 차례차례 예리하게 쏠어보았다.

세 그루 나무를 표적으로 삼아 여태껏 연마한 비화검을 전개해 보려는 것이었다.

그는 쥐고 있던 칠룡검을 어깨의 검집에 다시 꽂은 후에 바위처럼 우뚝 선 채 두 팔을 아래로 길게 늘어뜨리고 공력을 끌어올렸다.

오른손 다섯 손가락을 까딱거려 보기도 하고 손을 쥐었다 폈다 하면서 손의 긴장을 최대한 완화시켰다.

스승!

순간 그는 오른손으로 재빨리 어깨의 칠룡검을 뽑으면서 목표로 삼은 세 그루 나무 중에서 좌측의 나무를 향해 바람처럼 세 걸음 쏘아갔다.

쉬이이!

칠룡검이 나무의 얼굴 높이를 향해 똑바로 찔러갔다.

슷!

칠룡검이 나무 한복판을 찌르는가 싶더니 검끝이 나무 뒤쪽으로 한 뼘이나 튀어나왔다.

이어서 호리는 오른쪽 옆으로 두 걸음 미끄러지듯이 이동하면서 최초에 서 있던 자리에서 보았을 때 전면에 있던 나무를 향해 가슴 높이에서 검을 수평으로 왼쪽에서 오른쪽으로 맹렬하게 그어댔고, 걸음을 멈추지 않은 채 오른쪽으로 크게 한 걸음 더 나아가면서 세 번째 나무를 향해 칠룡검을 머리 위로 치켜세웠다가 수직으로 내리그었다.

척!

이윽고 호리는 동작을 멈추고 검집에 검을 꽂으며 그 자리에 우뚝 섰다.

우지직! 쿵!

그때 가운데 나무가 묵직한 소리를 내며 땅에 쓰러졌다.

그가 원래 서 있던 자리에서 칠룡검을 발검하면서 빠르게 몸을 움직여 세 그루 나무를 찌르고, 베고, 쪼개는 삼변(三變)을 전개한 시간은 불과 한 호흡도 채 지나지 않은 짧은 시각에 이루어졌다.

호리는 천천히 세 그루 나무를 살펴보았다.

좌측의 나무는 사람으로 치면 목 높이에 구멍이 뚫렸으며, 가운데 나무 역시 목 높이가 뎅겅 수평으로 잘라져서 위쪽이 땅에 뒹굴어 있었고, 우측의 나무는 사람의 머리 높이에서 사타구니까지 세로로 쪼개진 상태였다.

호리는 적잖이 놀라고도 감탄하는 얼굴로 수중의 칠룡검을 들고 쳐다보았다.

한 아름이나 되는 나무를 뚫고, 자르고, 쪼갰는데도 오른손에 추호의 충격도 느껴지지 않았으며 마치 허공을 베는 듯한 느낌만 들었을 뿐이다.

말이 한 아름 굵기의 나무지, 보통의 장검으로 그런 나무를 단칼에 뚫고, 베고, 쪼개려면 공력을 발휘한다고 해도 여간 어렵지 않은 일이다.

더구나 섣불리 자르려다가는 손아귀가 찢어지는 것은 물론이고 자칫 손목을 다칠 수도 있다.

그는 처음에 호선에게서 칠룡검을 선물받았을 때 범상치

않은 검이라고 느끼기는 했어도 이 정도일 줄은 예상하지 못했다.

"그렇게밖에 못해?"

그때 호선이 말을 하면서 호리 곁으로 다가왔다.

냉정하지는 않았지만, 평소에 호리를 대하는 정겹고 부드러운 말투는 분명히 아니었다.

호리가 쳐다보자 그녀의 얼굴에는 진지함이 떠올라 있었다.

야귀방의 졸개들을 대할 때의 섬뜩한 표정은 아니었고, 이따금씩 발견하는 엄숙한 표정도 아니었다.

호리로서는 처음 보는 진지함인데, 그래서인지 그녀를 쳐다보는 동안에 그의 마음가짐도 사뭇 진지해졌다.

더구나 호선은 방금 호리를 꾸짖었다. 그녀가 호리를 꾸짖는 것도 처음 있는 일이었다.

호리는 그녀의 새로운 일면을 발견하게 되어 뜻밖이었으나, 방금 그녀가 왜 자신을 꾸짖었는지 이유가 궁금하여 묵묵히 다음 말을 기다렸다.

"검을 줘봐."

호리는 그녀에게 검을 건네주면서도 기분이 나쁘거나 화가 나지 않았다.

지금 검법을 가르치고 있는 사람은 호선이고, 호리는 배우는 입장이다.

즉, 호선이 스승이고 호리는 제자인 것이다.

평소 극명하게 딱 부러지는 성격인 호리는 지금처럼 공과 사를 제대로 구별하는 것을 좋아한다. 특히 무공에 관해서는 더욱 그렇다.

지금 그는 더 완벽한 무공을 배우고 싶다는 마음뿐이었다.

"잘 봐."

슷—

호선은 검을 쥐고 앞으로 쭉 뻗었다.

호리는 눈도 깜빡이지 않은 채 검끝을 주시했다. 호선이 잘 보라고 했을 때에는 필시 무언가 있기 때문이다. 그것을 놓치지 말아야 한다.

호선의 손목이 까딱 가볍게 움직였다.

스스스슷—

검끝이 육안으로 보이지 않을 정도로 빠르게 허공중에 작은 원 하나를 그리는가 싶더니 검끝이 한쪽 방향을 향해 가볍게 떨쳐졌다.

슈우웃!

그와 동시에 미약한 파공음이 허공을 울리며 그쪽 방향으로 이어졌다.

그렇지만 호리의 눈에는 아무것도 보이지 않았다.

비전검법(飛電劍法) 243

뻑!

순간 한 그루 아름드리나무에서 둔탁한 음향이 터졌다.

호리가 쳐다보니 나무의 사람 목 높이 부위가 여지없이 부러져 나간 상태에서 그 윗부분이 앞으로 묵직하게 꺾이며 땅에 떨어졌다.

호리는 너무도 놀라서 눈을 커다랗게 뜨고 부러진 나무를 쳐다보았다.

호선이 서 있는 곳에서 쓰러진 나무까지의 거리는 일 장이 족히 넘어 보였다.

그런데 검이 직접 닿지도 않았는데 나무가 부러져 버렸으니 호리의 놀라움은 이만저만한 것이 아니었다.

"봤어?"

나무가 부러지는 것을 봤느냐는 물음이 아니다. 무엇으로 나무를 부러뜨렸는지 봤느냐는 것이다.

"아니, 못 봤어. 대체 어떻게 한 것이지?"

"잘 봐."

호선은 대답하지 않고 조금 전과 같은 말을 반복하면서 다시 오른팔을 쭉 뻗었다.

호리는 이번에는 놓치지 않으려는 각오로 두 눈에 잔뜩 힘을 주고 쏘아보았다.

그녀는 이번에도 손목만을 가볍게 움직였다.

그러나 조금 전에는 허공에 작은 원 하나만 그렸었는데, 이번에는 검이 허공의 여러 방위를 현란하게 긋고 베었다. 그 광경은 마치 허공을 여러 조각으로 잘라내는 것처럼 보였다.

슈슈우웃—

그리고는 조금 전처럼 또다시 날카로운 파공성이 터졌다.

하지만 이번에는 하나가 아니라 여러 개였으며, 파공성이 여러 방향으로 긴 줄처럼 이어져 나갔다.

쐐애액!

그중 두 줄기가 앞쪽에서 쏘아와 서 있는 호리의 양쪽 귓전을 스치면서 고막을 찢을 듯 날카로운 파공성을 울렸다.

호리는 두 눈 뻔히 뜨고 있으면서도 앞쪽에서 쏘아와 자신의 귓전을 스쳐 간 것이 무엇인지 전혀 보지 못했다.

뻐뻐뻐뻐뻑!

다음 순간 호선을 중심으로 가깝게는 일 장, 멀게는 삼 장 거리의 나무 십여 그루에서 타작을 하는 듯한 둔탁한 음향이 동시에 터져 나왔다.

"아!"

급히 주위를 둘러보던 호리는 나직한 탄성을 터뜨렸다.

우지지직!

그가 쳐다보고 있는 가운데 십여 그루의 아름드리나무들이 한결같이 사람의 목 높이 부위가 뎅겅 부러져서 땅에 떨어

비전검법(飛電劍法) 245

지고 있는 것이 아닌가.

그는 호선이 보여준 두 번의 시범에서 한 가지 사실을 비로소 깨달았다.

"혹시… 검으로 무엇인가 보이지 않는 무형의 기운을 만들어내서 그것을 발출하는 것인가?"

호선은 가볍게 고개를 끄덕였다.

"바람[風]을 일으키는 거야."

호리는 알 수 없다는 표정을 지었다.

"바람?"

고개를 갸웃거리면서 골똘히 생각해 봐도 어떻게 검으로 바람을 일으키는 것이며 또한 바람만으로 아름드리나무를, 그것도 십여 그루를 한꺼번에 적중시켜서 부러뜨릴 수 있는 것인지 이해하기가 어려웠다.

"바람의 힘이 그 무엇보다 강하다는 것은 알고 있겠지?"

"일 테면 태풍 같은 것인가?"

호선은 차분한 어조로 설명을 이었다.

"응. 태풍은 대자연이 만들어내는 것 중에서 가장 강력하지. 나는 방금 전 두 번의 시범에서 검으로 인공적인 바람을 만들어냈던 거야."

"칼바람인가?"

호선은 고개를 끄덕였다.

"검풍(劍風)이라고 하지."

"검풍."

호리는 항주성에서 밑바닥 생활을 삼 년 동안 하는 동안 건달들과 하오문도들에게서 무림에 대한 얘기를 제법 많이 들었지만 '검풍'이라는 말은 금시초문이었다.

그래서 '검풍'이 건달이나 하오문도들로서는 알 수 없는 무림의 높은 차원일 것이라고 짐작했다.

"무기로 직접 상대를 찌르거나 베어서 쓰러뜨리는 방법은 무공의 기초단계라고 할 수 있어. 그 위의 단계가 무기로 바람을 일으켜서 상대를 적중시키는 방법이야. 무공의 상승수법이라고 할 수 있지."

누에가 명주실을 뽑아내듯이 막힘없이 설명하는 그녀는 기억을 잃은 사람이라고는 여겨지지 않았다. 또한 엄숙하면서도 진지한 표정은 평소의 모습이 아니었다.

설명을 듣고 난 호리의 머릿속에서 엉킨 실타래가 하나씩 풀려가기 시작했다.

"나무를 부러뜨릴 정도라면 무기로 일으킨 바람이 날카롭거나 강력해야겠군."

"물론이지."

"도로 바람을 일으키면 도풍(刀風)이고, 창이면 창풍(槍風)이라고 부르는 식인가?"

"응."

깨우침으로 야기된 의문은 끝이 없었다.

"무기로 바람을, 그것도 날카롭거나 강력한 바람을 만들어 내서 적을 살상하려면 공력을 사용해야 되겠군. 또한 그런 방법이 무공의 위의 단계라고 했으니까 공력이 심후해야만 가능할 테고."

"맞았어. 무림에서는 그런 것을 이기어풍(以氣馭風)이라고 하는데, 최소한 칠팔십 년 이상의 공력을 지녀야만 이기어풍을 전개할 수 있어."

그 말에 호리의 눈이 빛났다.

"내 공력이 이 갑자, 즉 백이십 년이라고 했지? 그렇다면 나도 가능하겠군."

"충분하지."

호리는 자세를 바로하고 정중하게 고개를 숙였다.

"호선아, 부디 그것을 가르쳐 줘."

십삼 년 동안 소정심법과 백조비무격만을 질리도록 수련하다가 호선에 의해서 임독양맥이 소통되어 비로소 공력을 갖게 되고, 또한 봉황등천권과 비전검법 등 진짜 무공에 눈을 뜨게 된 호리는 자신도 모르는 사이에 무공의 배움, 즉 무학(武學)에 깊이 심취하고 있었다.

그의 가슴속에는, 장차 사부를 모시고 사매 연지와 함께 무도관을 열어 번창시키겠다는 일념으로 가득 차 있었다.

몰랐으면 모르되, 검으로 검풍을 만들어 검이 닿지 않고서도 적을 살상할 수 있는 신묘한 방법이 있다는 사실을 알게 된 이상 무슨 일이 있어도 반드시 배우고 싶었다.

"손을 휘둘러 보고 또 몸을 빠르게 움직여 봐."

호선의 주문대로 호리는 봉황등천권의 초식에 따라서 양팔을 번개같이 휘두르고, 또 청점활비의 구결대로 두 발을 민첩하게 움직여 보았다.

그러자 양팔을 움직이고 두 발을 움직여 몸이 이동할 때마다 획획! 하는 바람 소리를 생생하게 느낄 수 있었다.

그것은 평소에 그다지, 아니, 전혀 신경을 쓰지 않았던 소리였는데 바로 그 바람이 무기가 될 수 있다는 것이다.

그리고 그 순간에 호리는 검풍과는 상관이 없는 한 가지 사실을 깨달았다.

그것은 물 위에서 전개하는 청점활비를 땅에서 전개하자 몸이 물에서보다 더 민활하게 움직인다는 사실이었다.

그래서 나중에 틈나는 대로 청점활비를 땅에서도 전개할 수 있는지 시험해 보기로 작정했다.

"바람이 일지?"

"그래. 사람이든 동물이든, 그리고 어떤 사물이든 움직이면 공기를 가르기 때문에 바람이 일어나지."

"그때 일어나는 바람이 눈에 보인다고 생각해 봐."

호리는 잠시 생각에 잠겼다.

그런 움직임으로 인해서 일어나는 바람들은 모두 불규칙하고 모양도 제각각일 것 같았다.

"만약 인위적으로 규칙적인 바람을 일으킬 수 있다면, 그리고 그것의 모양을 마음먹은 대로 만들어낼 수 있으며, 또한 위력을 조절할 수 있다면 그것이 곧 검풍이 아닐까?"

호선은 고개를 끄덕였다.

"정확해."

이어서 그녀는 걸음을 옮겼다. 이 근처의 나무는 모두 쓰러졌기 때문에 나무가 많은 곳으로 이동하려는 것이었다.

호리는 그녀가 또 무엇인가를 보여줄 것이라고 생각하면서 뒤를 따랐다.

"물러서 있어."

호선은 나무가 많은 곳에 이르러 호리를 삼 장 밖으로 물러나도록 한 후 다리를 어깨 넓이로 벌리며 우뚝 섰다.

스으—

이윽고 칠룡검을 천천히 들어 올렸다.

스스스슷—

다음 순간 칠룡검이 허공의 수많은 방위를 찌르고 베며 번뜩이면서 무수한 꽃송이를 만들어냈다.

이른바 검화(劍花)였다.

호리는 그녀가 펼치고 있는 것이 비전검법의 일초식인 비화검이라는 것을 한눈에 알아보았다.

비록 같은 초식이지만 호리 자신이 펼치는 것과는 비교도 되지 않을 정도로 완벽한 변화였고 동작이었다.

또한 호리가 펼칠 때에는 저렇게 많은, 그리고 뚜렷한 검화를 피워내지 못했었다.

검화라는 것은 검초식이 하나의 변화를 일으킬 때마다 만들어내는 결정체이다.

그 결정체, 즉 검화가 적의 몸에 닿으면 찌르고 베어져서 살상을 하는 것이다.

지금 호선이 펼치는 것은 호리도 할 수 있었다. 다만 그녀만큼 완숙한 경지에 이르지 못했고, 또한 그처럼 한꺼번에 많은 검화를 만들어내지 못할 뿐이었다.

파파파파꽉!

그 일초식의 전개로 호선 주위에 서 있던 나무들 대여섯 그루가 잘라지고 쪼개지면서 모조리 땅에 나뒹굴었다.

그 나무들은 호선이 팔을 뻗어 칠룡검이 닿을 수 있는 거리, 즉 반 장 안에 서 있었다.

즉 칠룡검이 그 나무들을 직접 베고 쪼갰다는 뜻이었다.

그때 호선이 잠시 검을 멈추었다가 다시 초식을 전개하기 시작했다.

 방금 전과 똑같은 비화검이었다.

 그러나 그것이 만들어내는 것은 방금 전과 같지 않았다.

 파파파아아—

 검화는 생기지 않았다. 그 대신 칠룡검이 변화를 일으킬 때마다 물고기의 비늘처럼 작고 반짝이는 것들이 생겨나면서 바깥으로 파도처럼 밀려 나갔다.

 그렇게 밀려난 비늘, 즉 검린(劍鱗)들은 호선이 겨냥한 나무를 향해 일제히 뻗어 나갔다.

 파파파팍팍!

 또다시 어지러운 음향이 한꺼번에 터지면서 호선을 중심으로 일 장 이내의 나무 일곱 그루가 쪼개지고 베어져서 땅에 나뒹굴었다.

 다시 말해서 비화검법을 전개하여 만들어낸 검린들이 칠룡검에서 반 장 정도 뿜어져 나무들을 적중시켰다는 것이다.

 그러나 그것은 호선이 처음에 보여주었던 수법, 즉 검풍으로 이, 삼 장 먼 거리의 나무를 적중시키는 것에는 미치지 못하는 수법이었다.

 호리는 지금 호선이 검으로 만들어낼 수 있는 여러 변화를 기초부터 차례대로 보여주고 있다고 생각했다.

 그렇다면 다음 순서는 검풍일 것이다.

과연 호리의 생각이 맞았다. 호선은 처음에 보여주었던 것과 비슷한 동작을 취하고 있었다.

스스스슷—

이번에는 검화도 검린도 만들어지지 않았다.

쐐애애액!

다만 허공을 날카롭게 찢는 파공성이 호선을 중심으로 하여 사방으로 폭발하듯이 뿜어졌을 뿐이다.

퍼퍼퍼퍼퍽!

우지지직!

그 결과 역시 처음에 보여주었던 것과 같은 현상이 벌어졌다. 호선을 중심으로 이, 삼 장 주변에 서 있던 나무들 십여 그루가 사람의 목 높이에서 한꺼번에 부서지듯이 잘라져 땅 위에 쓰러진 것이다.

그런데 그것이 끝이 아니었다. 이제 다 끝난 줄 알고 호선에게 다가가려던 호리는 뚝 걸음을 멈추었다.

우뚝 선 호선이 전면을 향해 칠룡검을 쭉 뻗고 있는데, 그녀의 오른팔이 은은한 홍광으로 물들어 옷을 뚫고 밖으로 뿜어지고 있는 것을 발견한 것이다.

후우우—

그러더니 홍광이 더욱 짙어지면서 그녀의 오른팔을 통해 칠룡검으로 빠르게 옮겨졌다.

츠으웃!

다음 순간 바로 그 홍광이 칠룡검의 검첨에서 번쩍! 하고 번갯불처럼 뿜어져 나갔다. 마치 섬광이 작열하는 듯 눈부시면서도 엄청난 빠르기였다.

쩍!

홍광은 일직선으로 쏘아나가 호선이 있는 곳에서 무려 오 장 밖에 서 있는 족히 세 아름을 될 듯한 거목의 사람 목 높이에 적중했다.

"……!"

호리는 두 눈을 커다랗게 떴다. 그 순간 머리에 떠오른 생각은, 호선이 체내의 공력을 칠룡검을 통해서 밖으로 발출했을 것이라는 추측이었다.

그는 그것이 무엇인지 물어보려고 막 입을 열다가 급히 다물어야만 했다.

아직 끝난 것이 아니었다. 호선은 검을 늘어뜨리고 우뚝 선 자세로 전면을 쏘아보며 엄숙한 표정을 짓고 있었다.

호리는 그녀가 방금 전에 보여준 대단한 솜씨 때문에 크게 놀라고 있는 상태다.

그런데 호선이 취하고 있는 자세와 분위기로 미루어 이번에는 그보다 더한 것을 발휘하려는 것 같았다.

호리는 긴장하여 자신도 모르게 마른침을 꿀꺽 삼켰다.

후우우웅―

조금 전의 그 홍광이 이번에는 호선의 몸 전체에서 은은하게 뿜어져 나왔다.

그리고 홍광은 점점 더 짙어져서 이윽고 그녀의 몸 전체가 저물기 시작하는 태양처럼 붉어졌으며, 그녀에게서 뿜어지는 광채는 새빨간 노을빛이었다.

호리는 눈도 깜빡이지 않고 지켜보았다. 이제 곧 벌어질 일이 무엇일지는 모르겠지만, 필경 조금 전보다 더 놀라운 일인 것만은 틀림이 없을 것 같았다.

스으―

호선이 천천히 칠룡검을 머리 위로 치켜들었다.

다음 순간 그녀는 전면을 향해 칠룡검을 수직으로 번개같이 내리그었다.

고오오!

순간 팽팽하게 당겨진 활(弓) 혹은 그믐달처럼 생긴 반원형의 시뻘건 홍광이 세로로 선 채 폭발하듯이 뿜어져 나갔다.

그와 동시에 지상의 것이 아닌, 천상이나 우주에서 생성된 듯한 괴이한 음향이 터졌다.

호리는 재빨리 고개를 돌려 그믐달 같은 홍광이 쏘아가는 방향을 쳐다보았다.

쩌엉―!

하지만 그가 고개를 돌리기도 전에 깊은 동굴 속에서 커다란 쇠망치로 단단한 암석을 강하게 두드리는 듯한 고고한 음향이 터졌다.

"……."

그리고 그곳에 벌어져 있는 광경을 발견하는 순간 경악한 그는 탄성을 터뜨리는 것조차 잊어버리고 말았다.

호리와 호선이 있는 곳에서 십여 장쯤 떨어진 곳에는 하나의 집채만큼 커다란 바위가 서 있었다.

드드등!

그런데 지금 호리가 쳐다보고 있는 중에 그 바위가 절반으로 쪼개지고 있는 것이 아닌가.

쿠쿵!

두 쪽이 된 바위가 지축을 뒤흔들며 땅에 나뒹굴고 나서 한참이 지나도록 호리는 놀라움에서 헤어나지 못했다.

"자."

호선이 칠룡검을 내밀며 나직이 입을 열고서야 호리는 후드득 몸을 떨며 대경실색에서 깨어날 수 있었다.

"그… 게 뭐였지?"

호리는 칠룡검을 받을 생각도 하지 못하고 더듬거리면서 겨우 물었다.

"먼저 것은 검기(劍氣)고, 나중 것은 검강(劍罡)이야."

"검기와 검강……."

"지금 호리 정도의 공력이면 노력 여하에 따라서 충분히 검기까지는 전개할 수 있을 거야."

호리는 놀라면서도 반신반의했다.

"내가 검기를?"

"노력해 봐."

그것으로 끝이었다. 호선은 호리의 손에 칠룡검을 쥐어주고는 몸을 돌려 걸어갔다.

"내가 할 수 있다는 거야?"

호리는 걸어가는 그녀의 등에 대고 급히 물었다. 그의 목소리는 기대와 흥분으로 가늘게 떨리고 있었다.

"그래. 검화, 검린, 검풍은 비화검으로, 검기와 검강은 전쾌검으로 전개하는 거야."

"……"

호리 자신도 충분히 할 수 있다고 두 귀로 분명히 듣고서도 그는 쉽사리 믿어지지가 않았다.

현재 자신의 능력으로 검기까지 펼칠 수가 있다니…….

호선은 걸어가다가 우두커니 서서 이쪽을 쳐다보고 있는 철웅을 발견했다.

그는 검법을 수련하는 중에 근처에서 눈부신 광채가 마구 번쩍이고, 여러 종류의 음향이 터지는 것을 듣고서 의아한 생각으로 왔다가 방금 전의 광경을 발견하고는 턱이 빠질 정도로 놀라움을 금치 못하고 있었다.

"철웅, 너는 날 따라와."

호선이 말하고 나서 여러 걸음을 걸어가도록 철웅은 그 자리에 뻣뻣하게 서 있었다. 너무 놀라서 그녀의 말을 듣지 못한 것이었다.

"철웅!"

"네… 넷?!"

호선이 다시 부르자 그제야 철웅은 화들짝 놀라 그녀를 돌아보았다.

"왜… 그러십니까?"

그녀의 어마어마한 무위를 보고 놀란 나머지 그녀가 친구라는 사실마저 망각한 채 존대를 하는 철웅이다.

"너는 검법이 어울리지 않는 것 같다. 도법을 가르쳐 줄 테니 따라와라."

"넵!"

철웅은 크게 외치고는 급히 호선의 뒤를 따랐다. 그도 비전 검법을 수련하는 내내 그 생각을 하고 있었다.

그가 다루기에는 검이 지나치게 가벼웠고, 또 검법의 초식이 너무 현란했던 것이다.

혼자 남은 호리는 호선이 자리를 떠난 이후에도 오랫동안 생각에 잠겨 있었다.

 그는 머릿속으로 호선이 보여주었던 다섯 가지, 즉 검화와 검린, 검풍, 검기, 검강에 대해서 차례대로 수십 번도 더 곱씹어 생각하고 또 검토하면서 이해하려고 노력했다.

 호선은 호리의 현재 능력으로는 검기까지 전개하는 것이 가능하다고 말했다.

 호리는 검기와 검강이 가장 마음에 들었다.

 어지러운 변화 없이 곧장 뿜어져 나가서 목표물을 박살 내는 쾌속함이나 위력, 그리고 그것들을 전쾌검으로 펼칠 수 있다는 사실이 여간 매력적이지 않았다.

 호리는 그날은 그것으로 더 이상 검법 수련을 하지 않았다.

 그 대신 그 자리에서 오랫동안 다섯 가지 수법에 대해서 생각하다가, 밤이 이슥해서야 호리궁 자신의 방으로 돌아와서도 생각을 멈추지 않았다.

 결국 그는 그날 밤을 꼬박 새고 말았다.

"그렇게밖에 못해?"

 호선의 말은 무형의 채찍이 되어 호리의 정신을 아프게 두드리고 있었다.

第三十二章
도주

一擲賭乾坤

"**언**제까지 찾아낼 수 있겠나?"

굵은 저음이면서 상대를 억압하는 말투였다.

"이자가 낙양을 중심으로 백여 리 안에 있다면 사흘이면 충분하오."

반면에 대답한 사람의 말투는 정중했다.

"낙양 백여 리 밖에 있다면 찾아내기 어려운가?"

"아니오. 시일이 좀 더 걸린다는 뜻이오."

천하 무림에서 다섯 손가락 안에 꼽힐 정도로 이름 높은 살인청부조직인 색혈루(索血樓)의 루주 혈인요수(血刃蓼手)는 가볍게 고개를 가로저었다.

"어디에 있든 찾아내 주게."

무림에서 혈인요수 정도의 인물에게 하대를 할 수 있는 인물은 그리 흔하지 않다.

방금 요구를 한 인물은 그 흔하지 않은 축에 속한다. 무황성 무황오룡위 중 한 명인 황룡위이기 때문이다.

색혈루는 무림오황의 어디에도 속하지 않았지만 오황에 속한 인물에게 예의를 갖추어서 나쁠 것이 없었다.

"찾으면 어떻게 하길 원하오?"

"죽인 후 흔적을 남기지 말게."

혈인요수는 손에 쥐고 있는 한 장의 전신(傳神:초상화)을 살펴보면서 물었다.

"이자는 무림인이오?"

"권각술 나부랭이를 몇 년 익혔을 뿐 무림인은 아닐세."

"살인까지 하면 보수를 더 내야 할 것이오."

혈인요수는 예의를 갖추면서도 실속은 다 챙겼다.

"선수금의 두 배를 내지."

"즉시 착수하겠소."

선수금으로 은자 오백 냥을 받았으니, 청부자를 죽이면 도합 은자 천오백 냥이다.

원래 이 정도 자질구레한 일거리는 수하들이 접수하고 또

처리하지만, 청부하는 인물이 무황성의 황룡위 정도이다 보니까 루주인 혈인요수가 직접 응대하는 것이다.

혈인요수가 쥐고 있는 전신에는 한 소년의 모습이 비교적 자세히 그려져 있었고, 그 옆에는 나이 십팔 세. 이름은 고영이라고 적혀 있었다.

소년의 얼굴은 호리를 많이 닮아 있었다.

*   *   *

백안루(白雁樓).

무창 통상로에 있는 주루의 이름이다.

주루 뒤로 흐르는 영호천(英豪川) 강가에는 두 척의 배가 나란히 닻을 내리고 정박해 있었다.

그중 한 대인 호리궁은 장강에서 영호천을 십오 리 정도 거슬러 올라 이곳에 두 시진 전 정오 무렵에 도착했다.

호리궁과 나란히 정박해 있는 또 한 대의 배는 호리가 예전 항주성에서 사용하던 구호리궁이었다.

새 호리궁을 건조해 준 감포의 선창 주인이 은초가 가르쳐 준 장소까지 배달해 주겠다고 약속했는데, 호리궁보다 먼저 당도해 있었던 것이다.

백안루 주인 말로는 구호리궁이 이틀 전에 당도했다면서,

배를 가져온 사람이 은초라는 사람에게 전해달라고 맡겨놓고는 횡 하니 가버렸다는 것이다.

물론 백안루 주인은 은초가 누군지 모른다. 그는 은초라는 사람이 나타나지 않으면 자신이 배를 갖겠다는 엉큼한 심보를 품고, 은초를 찾아볼 생각도 하지 않은 채 느긋하게 기다리고 있던 중에 호리 일행이 불쑥 나타난 것이었다.

은초가 백안루로 배를 갖다달라고 한 데에는 달리 이유가 있었다. 이 주루를 사들여서 모친과 누나에게 주려는 계획을 갖고 있기 때문이었다.

백안루는 고급이 아니지만 그렇다고 허름한 하급도 아닌 평범한 주루다.

은초가 백안루를 사려고 결심한 데에는 그만한 곡절이 있었다. 삼 년 전, 종살이를 하던 부호의 집에서 작은 잘못을 저지르는 바람에 뭇매를 맞고 창고에 사흘 동안 갇혀 있다가 간신히 도망쳐 나와 무창을 떠나려는 결심을 한 그는, 우연히 백안루 앞을 지나가게 되었다.

사흘 동안 쫄쫄 굶어서 걷기는커녕 서 있을 힘조차 없는 그에게 백안루에서 흘러나오는 향기로운 요리 냄새는 견디기 어려운 유혹이었다.

그래서 무작정 백안루 안으로 들어가 식은 밥이라도 달라고 통사정을 했는데, 돌아온 것은 주인의 호통과 점소이들의 뭇매뿐이었다.

사흘 전에 뭇매를 맞은 후 내리 사흘 동안 굶은 데다 또 실컷 얻어터진 그는 끝내 혼절하고 말았고, 점소이들은 그를 백안루 뒤편 영호천 강가에 내다 버렸다.

다음날 동이 트기 직전에 겨우 정신을 차린 은초는 백안루를 보면서 통한의 분루를 흘리며 결심을 했다. 많은 돈을 벌어서 언젠가는 기필코 백안루를 사고야 말겠다고.

호리는 두 시진째 기다리고 있는데도 은초가 나타나지 않자 필시 그에게 무슨 일이 생겼을 것이라 판단하고 직접 찾아나서기로 했다.

호리 일행이 수소문 끝에 당도한 곳은 금보장(金寶莊)이라는 으리으리한 대장원이었다.

쿵쿵쿵!

철웅이 솥뚜껑만 한 주먹으로 거대한 전문을 두드리자 잠시 후 어깨에 도를 멘 청년 무사 한 명이 문을 열었다.

"무슨 일이오?"

무사는 자신의 앞에 떡하니 버티고 선 철탑 같은 체구의 철웅을 보고 잠깐 기가 질리는 듯했으나 곧 어깨를 펴고 당당하게 물었다.

보통 장원을 두드리면 하인이 문을 열어주기 마련인데, 이곳 금보장은 호위무사들을 두고 있는 모양이었다.

"이곳에 은초라는 사람이 있소?"

"그런 사람은 없소."

무사가 퉁명스럽게 대꾸하고는 문을 닫으려고 하는 것을 호리가 한 손을 뻗어 문을 잡았다.

"잠깐 기다리시오."

"얼쩡거리다가 경을 치기 전에 썩 물러가시오!"

무사는 더 들어볼 것 없다는 듯 은근히 호통을 치면서 힘주어 문을 닫으려 들었다.

그러나 문이 꼼짝도 하지 않자 두 손으로 잡고 잔뜩 힘을 주어 얼굴이 새빨개지도록 끙끙거렸으나 꼼짝하지 않기는 매한가지였다.

무사는 힐끗 호리를 쳐다보았다.

호리는 한 손을 문에 댄 상태에서 조금도 힘을 주지 않은 듯한 모습이었다.

그제야 무사는 호리가 범상하지 않다는 사실을 깨달은 듯 문에서 손을 떼며 약간 누그러진 태도를 보였다.

"말해보시오."

호리는 은초가 본명이 아닐 것이라 여기고 무사에게 그의 용모를 자세히 설명해 주었다.

"서비(鼠卑)를 찾는 게로군."

그제야 무사는 아는 체를 하며 고개를 끄덕였다.

'서비'라는 것은 이곳에서 종살이를 하던 시절의 은초의 옛 이름이었을 것이다.

쥐새끼 같은 노비라는 뜻의 '서비'라는 이름을 듣고 호리는 쓴웃음을 지었다.

노비에게 무슨 가문이 있고 이름이 있겠는가. 필경 은초의 생김새나 행동을 보고 이 장원의 누군가가 장난삼아 붙여준 별명이 이름으로 굳어버린 것일 게다.

"당신들은 서비와 어떤 사이오? 설마 그놈이 당신들에게 손해를 끼쳤기 때문에 찾으려는 것이오?"

무사는 눈을 데룩거리면서 물었다.

"우린 그의 친구들이오."

호리의 대답에 무사는 깜짝 놀라더니 이해할 수 없다는 표정을 지으며 고개를 갸웃거렸다.

그도 그럴 것이, 영준하기 짝이 없는 용모의 호리와 눈이 번쩍 뜨일 만큼 절색의 미녀인 호선, 그리고 호걸 같은 모습의 철웅이 서비의 친구라고 자처하는 것을 쉽사리 믿지 못하는 것은 당연한 일이었다.

더구나 호리는 칠룡검을, 철웅은 큼직한 도를 어깨에 메고 있었고, 그것이 두 사람에게 썩 잘 어울려서 무림의 소년고수로 보이게 해주었다.

"그를 만나게 해주시오."

호리의 요구에 무사는 고개를 가로저었다.

"만날 수 없소."

"그가 이곳에 없는 것이오?"

무사는 금세 대답하지 못하고 머뭇거렸다.

순간 호리는 은초에게 무슨 일이 생겼음을 직감했다.

"비키시오."

그는 무사를 밀치면서 전문 안으로 성큼 들어섰다.

"들어가지 못한다!"

창!

뻑!

"흐악!"

무사가 도를 뽑으면서 호리에게 득달같이 달려들다가 그의 주먹에 콧등이 묵사발이 되어 일 장 밖으로 튕겨져 날아간 것은 거의 한순간에 벌어진 일이다.

무사는 땅에 쓰러져서 사지를 벌벌 떨다가 축 늘어졌다.

호리는 주위를 두리번거리다가 가장 크고 웅장한 전각을 발견하곤 곧장 그곳으로 성큼성큼 걸어갔다.

그곳이 금보장주의 거처라고 짐작했으며, 그를 만나 담판을 짓는 것이 가장 빠를 것이라고 판단한 것이다.

호리 일행이 전각 앞마당에 이르렀을 때 사방에서 이십여 명의 무사들이 우르르 몰려나와 겹겹이 포위했다.

몇 군데의 갈라진 벽 틈새로 스며든 빛이 실내를 밝힐 뿐 어두컴컴하고 음습한 창고 안.

하나의 굵은 나무 기둥에 은초가 밧줄로 온몸이 꽁꽁 묶인 채 서 있고, 그의 옆 바닥에는 두 명의 여자가 힘없이 늘어져 있었다.

두 여자는 누덕누덕 기운 남루한 옷을 입었는데 여러 군데 찢어졌으며, 헝클어져 산발한 머리카락에 오랫동안 씻지 못한 듯 초췌하기 짝이 없는 몰골이었다.

한 여자는 사십오륙 세 정도고, 다른 여자는 이십 세 남짓으로 보였다.

은초의 모친 주오(廚嫗)와 누나 소소(素掃)였다.

은초의 '서비'라는 이름처럼, '주오'는 부엌에서 살다가 부엌에서 죽으라는 부엌때기를 일컫는 이름이고, 소소는 그나마 얼굴과 살결이 워낙 희어서 흴 소(素)를 이름 앞에 붙여주는 아량을 베풀었고, 그녀의 하는 일이 청소인지라 뒤에는 쓸 소(掃)를 붙인 것이다.

모녀는 심하게 맞고 고초를 겪은 모습이 완연했다.

은초는 그녀들과는 비교도 되지 않을 만큼 온몸이 상처투성이였으며, 살아 있는 것이 신기할 정도였다.

그는 묶인 채 고개를 푹 숙이고 있는 모습인데, 혼절을 했는지 잠을 자는 것인지 알 수 없었다.

이들이 이런 꼴로 갇히게 된 이유는 간단했다.

이곳에서 노비 생활을 하다가 달아났던 은초가 삼 년 만에 불쑥 나타나 금보장주 곽부등(郭富登)에게 자신과 모친, 누나를 노비에서 풀어줄 것을 당당하게 요구하면서, 그 대가를 돈으로 치르겠다고 호언했었다.

그런데 어이없게도 곽부등은 한 명당 은자 일만 냥씩 도합 삼만 냥을 요구했다.

보통 노비를 면천시켜서 풀어주는 대가가 은자 삼백 냥 정도인 것을 감안하면 터무니없이 큰 거액이었다.

은초는 당연히 강력하게 항의하며 곽부등에게 달려들었고, 결국 호위무사들과 치열한 싸움이 벌어진 끝에 호위무사 세 명을 죽이고 나서야 붙잡히고 말았다.

동료 세 명을 잃은 호위무사들은 은초를 죽지 않을 만큼 흠씬 뭇매를 놓았고, 그 죄를 모친과 누나에게도 물어 그녀들 역시 실컷 두들겨 맞은 후 갇히고 만 것이다.

그것이 바로 오늘 늦은 아침나절에 금보장에서 일어난 작은 사건이었다.

"비야, 왜 돌아왔느냐? 어디에서든 너 혼자 편히 잘 있으면 되지……. 어미와 누나는 무엇 하러 찾아와?"

그때 모친 주오가 늘어진 자세 그대로 은초를 바라보면서 원망을 늘어놓았다.

"엄마, 내 이름은 은초라고 몇 번이나 말해줘야 알아들어?"

은초는 느릿하게 고개를 들고 나서 얼굴을 잔뜩 일그러뜨리며 투덜거렸다.

그의 얼굴은 찢어지고 터지고 잔뜩 부어오른 데다 피투성이여서 알아보기가 어려울 지경이었다.

노비로 태어나서 평생토록 노비로 살아온 모친 주오는 또다시 눈물을 흘리기 시작했다.

"흑흑……. 모두 내 잘못이다. 노비 주제에 혼인은 왜 하고… 왜 또 너희를 낳아서 이런 고생을 시키는 것인지……."

주오는 넋두리를 하면서 제 설움에 겨워 어깨를 들먹이면서 흐느껴 울었다.

"흑흑흑! 노비의 낙인은 살아생전에는 물론이고 죽어서도 지워지지 않는 거란다. 너희는 평생 노비로 살다가 죽을 것이고… 너희가 자식을 낳는다면 그 아이들도 노비 신세를 면치 못할 게야……. 흑흑!"

"그만 울어! 내가 엄마 우는 꼴 보려고 항주에서 예까지 찾아왔는지 알아?"

은초는 고함을 버럭 지르면서 눈을 있는 대로 부라렸다. 그렇지만 모친을 쳐다보는 그의 두 눈에는 어느새 눈물이 그렁그렁 고여 있었다.

"비야, 너는 어머니에게 그러면 안 된다. 네가 떠난 다음 날부터 어머니는 매일 새벽에 정화수(井華水)를 떠놓고 너의 무사안위를 빌고 또 비셨어. 네가 어머니를 꾸짖는 것은 천벌을 받을 짓이야."

누나 소소가 힘겹게 일어나 앉으며 자분자분한 어조로 은초를 꾸짖었다.

"누가 빌어달랬어? 엄마가 빌어주지 않아도 난 잘 먹고 잘 살았다구!"

미친 듯이 악을 바락바락 쓰는 은초의 두 눈에서도 기어코 눈물이 쏟아졌다.

주오는 흐느낌을 애써 멈추고 나서 아직도 헐떡이는 목소리로 아들을 타일렀다.

"비야, 제발 마음 가라앉히고 곽 대인께……."

"은초라니까!"

"그래, 초야. 곽 대인께 무릎 꿇고 잘못했다고 빌어라. 그럼 목숨만은 살려주실 게다. 그리고 나서 엄마와 누나하고 예서 함께 살자꾸나. 응?"

은초는 코가 떨어지게 냉소를 쳤다.

"흥! 절대 그런 일은 없을걸?"

주오는 불안한 표정으로 은초를 올려다보았다.

"초야, 대체 어쩌려고 그러느냐?"

"킬킬킬… 조금만 더 기다려 보면 알게 될 거야. 아니, 어쩌면 지금쯤 내 친구들이 일을 끝냈을지도 모르겠군."

모녀는 은초가 실성이라도 한 것으로 여겨 걱정과 안쓰러운 표정으로 바라보았다.

그렇지만 은초는 두 눈을 살기로 번들거리면서 잔인하게 말을 이었다.

"흐흐흐… 곽부등, 이 새끼. 주는 돈이나 곱게 받아 처먹고 순순히 우리 가족을 풀어줬으면 별일 아닐 것을, 어리석게 명을 재촉하다니……."

우지끈!

그의 말이 채 끝나기도 전에 창고의 나무문이 박살나며 그 조각들이 안쪽으로 쏟아져 흩어졌다.

"아앗!"

"악!"

모녀는 잔뜩 겁에 질려서 서로를 부둥켜안은 채 크게 뻥 뚫린 입구를 바라보았다.

그곳을 쳐다보는 은초의 얼굴에 득의한 미소가 떠올랐다.

"호리냐?"

"그래."

대답과 함께 호리가 성큼성큼 안쪽으로 걸어 들어왔고, 그 뒤를 호선이 따랐다.

"늦었구나."

"미안하다."

은초의 핀잔에 호리는 싱긋 미소를 지어 보였다.

주오와 소소는 느닷없이 박살난 창고문과 불쑥 나타난 호리와 호선, 그리고 호리가 은초와 나누는 대화 때문에 정신이 하나도 없을 정도로 놀라고 있었다.

"괜찮으냐?"

만신창이가 된 사람에게 하는 질문치고는 적절하지 않았지만 은초는 일그러진 얼굴에 흐릿한 미소를 지었다.

"견딜 만해."

"그럼 됐다."

호리는 고개를 끄덕이고는 주오와 소소를 굽어보았다.

은초가 툭 내뱉었다.

"엄마하고 누나다."

호리는 지체없이 주오에게 큰절을 올렸다.

"처음 뵙겠습니다. 은초 친구인 호리라고 합니다."

"어이구! 이러시면 안 됩니다……."

주오는 소스라치게 놀라서 호리보다 더 납작하게 마주 보면서 절을 하였다.

"엄마! 아들 친구한테 절하는 멍청이가 어디 있어?"

은초가 오만상을 쓰면서 버럭 소리쳤다.

그래도 주오는 얼굴을 바닥에 묻고 몸을 떨면서 꼼짝도 하지 않았다. 소소까지 덩달아서 그녀 곁에 나란히 엎드려 절을 하고 있었다.

"빌어먹을! 노비 근성이 골수까지 젖어 있어서 그러니까 호리 네가 이해해라!"

은초가 입을 삐죽거리면서 투덜거리고 있을 때 호선이 그의 묶인 밧줄을 풀어주었다.

은초는 쓰러질 듯이 비틀거리다가 나무 기둥을 잡고 몸을 지탱하더니 바깥쪽을 보며 기세등등하게 물었다.

"그건 그렇고, 곽부등 이 새끼, 어디 있냐?"

"여기 장주를 말하는 것이라면 밖에 있다."

"이놈 새끼! 가만 놔두지 않겠다!"

방금까지만 해도 쓰러질 것 같았던 은초는 창고 밖을 향해 똑바로 걸어나가며 이를 갈아붙였다.

호리와 호선이 주오와 소소를 부축하여 뒤따라 나갔다.

창고 밖으로 나온 주오와 소소는 기절초풍할 정도로 놀라고 말았다.

창고 앞에는 한 명의 범강장달이 같은 거구의 청년이 한 손에 대도를 움켜쥔 채 우뚝 서 있고, 그 앞에 금보장주인 곽부등과 이십여 명의 호위무사들이 청년 쪽을 향해 무릎을 꿇은 채 고개를 푹 숙이고 있는 광경을 발견했기 때문이었다.

물론 거구의 청년은 철웅이었다.

그때 밖으로 나온 은초가 가타부타 말도 없이 철웅 손에서 대도를 뺏어 들더니 곧장 곽부등에게 걸어갔다.

"곽부등 이놈 새끼! 내가 후회할 거라고 경고했었지?"

맨 앞에 무릎 꿇은 화려한 비단 금의를 입은 오십오륙 세가량의 뚱뚱한 인물이 겁에 질린 표정으로 고개를 들고 은초를 쳐다보았다.

"내… 가 잘못했네! 죽을 때가 돼서 눈이 어두워 그런 것이니 너그럽게 용서해 주게!"

곽부등을 비롯한 이십여 명의 호위무사들은 혈도가 제압된 상태가 아니면서도 달려들거나 도망칠 생각을 하지 못했다.

그도 그럴 것이, 그들 모두는 호리와 철웅에 의해서 두 다리가 부러졌기 때문이었다.

"죽을 때가 됐으면 죽어야지."

다가오던 은초는 곽부등 앞에서 걸음을 멈추자마자 이를 희게 드러내고 잔인하게 웃더니 대도를 들어 올려 그대로 후려 베었다.

꽉!

"끅!"

대도는 곽부등의 목을 단칼에 뎅겅 잘라 버렸다. 그는 단말마의 답답한 신음 한마디를 토하고는 즉사했다.

호리와 호선, 철웅은 묵묵히 지켜보고 있었지만, 주오와 소소는 기절초풍할 정도로 놀라서 서로를 부둥켜안은 채 비명조차 지르지 못했다.

은초는 곽부등의 목을 벤 것으로도 분이 풀리지 않는지 대도를 움켜쥐고 눈을 부라리면서 성큼성큼 호위무사들에게 걸어가며 이를 갈았다.

"네놈들도 똑같은 놈들이니 죽어 마땅하다!"

두 다리가 부러져 꼼짝하지 못하는 호위무사들은 공포에 질린 얼굴로 은초를 쳐다보다가 두 팔과 몸으로 꿈틀꿈틀 기어서 결사적으로 도망치기 시작했다.

"그만 됐다."

그때 호리가 나직한 어조로 은초를 제지했다.

"그들에게 죄가 없다는 것은 은초 너도 잘 알잖느냐."

은초는 결사적으로 기어서 도망치려는 어떤 호위무사를 죽이려고 도를 머리 위로 치켜든 채 이를 악물고 따라가다가 걸음을 멈추고는 복잡한 표정을 지었다.

단지 녹봉을 받고 금보장에 소속되어 있는 호위무사들이 곽부등의 명령에 따를 수밖에 없었다는 사실을 은초가 모를 리 없다.

 은초는 잠시 숨을 씨근거리다가 치켜든 도를 내리고 몸을 돌려 호리 쪽으로 걸어왔다.

 하지만 그가 분노를 참는 것은 호위무사들을 용서한 것이 아니라 호리의 말을 거스르지 않으려는 뜻이었다.

 이후 호리와 은초는 곽부등의 가족들을 찾아내어 그들에게서 은초와 주오, 소소의 노비문서를 건네받아 불사르고 약간의 조치를 취한 후에 금보장을 떠났다.

 무창 인근에서 세 손가락 안에 꼽히는 대부호인 금보장주 곽부등이 죽었다.

 그리고 금보장의 이십여 명의 호위무사 중에서 한 명은 얼굴이 짓뭉개졌으며, 나머지는 모두 다리가 부러지는 사건이 벌어졌다.

 오후 무렵, 살인자인 은초와 공범인 호리, 호선, 철웅은 서둘러서 무창을 출발했다.

 은초가 세웠던 계획은 모두 어그러지고 말았다.

 백안루를 매입하여 모친과 누나에게 주어 편한 생활을 할 수 있도록 해주려던 것도, 구호리궁을 갖으려던 것도 포기할 수밖에 없었다.

 노비가 주인을 죽이는 등 소란을 피우고 가족과 함께 탈출

하는 사건이 벌어졌으니 관가에서 추노(推奴)할 것이 분명하기 때문이다.

호리와 호선이 있는 한 은초네 가족이 관군에게 붙잡힐 가능성은 희박하다.

그렇다고 해서 무창 근처에서 얼쩡거려서 좋을 일은 없었기에 서둘러 출발한 것이다.

결국 호리 일행은 무창을 떠나 장강을 버리고 한수로 접어들어 쉬지 않고 상류를 향해 거슬러 올라 해질 녘에는 무창에서 오십여 리 거리인 한천현(漢川縣)에 도착했다.

관가에서 은초네 가족을 추노하더라도 벌써 그곳까지 당도했거나 밤사이에 호리궁을 덮칠 가능성은 희박하지만, 주오와 소소는 호리궁 하창(下倉) 구석에 꼭꼭 숨은 채 불안감을 떨쳐 버리지 못했다.

그래서 결국 호리는 항주를 떠난 이후 한 번도 시도하지 않았던 위험한 일. 즉, 밤에 운항을 하는 모험을 강행할 수밖에 없었다.

호리 일행은 잠시 쉬지도 못한 채 한밤중에 상류를 향해 계속 북상했다.

다행히 한수 하류는 폭이 넓을 뿐만 아니라 수량이 풍부한데다가 유속도 느리고, 또 장애물이 전혀 없어서 다음 날 새벽 녘에 호리궁은 무창으로부터 자그마치 백삼십여 리나 떨어진 악가구(岳家口)에 당도할 수 있었다.

그래도 호리궁은 멈추지 않았다. 이왕 내친걸음이고 캄캄한 밤도 아니었으며, 호리 일행 네 명이 번갈아가면서 교대로 호리궁을 몰고 있는 터라서 조금도 피로를 느끼지 못했기 때문에 내처 북상했다.

결국 호리궁은 그날 줄곧 달려 해질 녘에는 무창에서 이백여 리 거리인 사양(沙洋)이라는 작은 어촌마을에 도착했다.

여전히 한수의 하류 유역을 벗어나지는 못했지만, 그곳에서부터는 물살이 거센 여울이나 강 가운데에 솟은 모래톱, 암초 따위가 더러 눈에 띄어서 밤에 운항을 강행했다가는 추노하는 관군이 문제가 아니라 호리궁이 좌초될 수도 있기 때문에 일단 그곳에서 멈추어야만 했다.

그래도 혹시 몰라 사양 포구에서 십여 리나 뚝 떨어진 상류의 무성한 갈대숲 깊숙한 곳에 호리궁을 감춘 채 그날 밤을 보내고, 다음 날 동이 트기 무섭게 다시 한수의 상류를 거슬러 오르기 시작했다.

호리는 은초의 모친과 누나를 서둘러서 내려줘야 할 이유가 없었다.

낙양으로 가려면 어차피 한수의 상류까지 지금부터 십여 일은 더 북상해야만 하는데, 혹여 관군에게 쫓기고 있을지도 모른다는 생각을 하여 가일층 서둘러서 북상하기 때문에 하루라도 빨리 낙양에 도착해야만 하는 호리로서는 오히려 잘 된 일이었다.

사양 포구에 이르러서야 주오와 소소는 조금 안심하여 하창 구석에서 나왔다.

처음에는 은초가 자신의 방을 엄마와 누나에게 양보하고 당분간 철웅과 함께 지내려고 했으나 곧 포기하고 말았다.

철웅의 덩치가 너무 커서 자신의 침상에서 혼자 자면 딱 맞는 상황이라 거기에 도저히 은초까지 끼어서 잘 틈이 없었던 것이다.

그래서 어쩔 수 없이 호선이 자신의 방을 모녀에게 양보하고 그녀는 호리와 함께 지내기로 했다.

호리는 호선의 알몸을 숱하게 봐왔고 또 치료하느라 만지기도 했으며, 목욕도 시켜주었고 함께 잤던 적도 부지기수라 당분간 동거(?)를 하는 데에는 별 어려움이 없었다.

또한 철웅과 은초는 두 사람을 거의 어린 부부나 연인 정도로 여기고 있는 상황이었다.

주오와 소소도 함께 생활하다 보니 두 사람이 보통 사이가 아니라는 것을 짐작하게 되어 이목을 꺼려해서 호리와 호선이 힘게 지내지 못할 이유는 없었다.

잠자리 문제로 조금 불편하기는 했지만, 주오와 소소는 호리 일행에게 도움이 되려고 무던히 애를 썼으며 또 실제로 적지 않은 도움을 주었다.

　우선 주오의 탁월한 요리 솜씨는 사양을 출발하기 전에 있었던 아침 식사에서 호리 일행의 입맛뿐 아니라 마음까지 사로잡아 버리고 말았다.

　주방장이었던 철웅의 요리 솜씨도 제법이었지만 주오에 비할 수는 없었다.

　주오의 요리 솜씨는 가히 최고 수준이었다. 미식가인 곽부 등의 까다로운 입맛을 가장 잘 맞춘다는 주오의 솜씨였다.

　곽부등이 은초의 요구를 억지를 써가면서까지 묵살한 이유도 사실은 주오를 잃지 않으려는 수작이었던 것이다.

　그때부터 주오는 호리궁의 임시 주방장을 전담하여 호리 일행으로 하여금 과연 다음 식사에는 어떤 요리를 먹게 될 것인지 작은 기대감에 마음을 설레게 만들었으며, 또한 당분간이기는 하지만 철웅을 주방에서 해방시켜 수련에 매진할 수 있게 해주었다.

　또 한 가지, 항주를 출발한 이후 가장 애를 먹은 것이 호리궁의 청소 문제였었다.

　호리는 그다지 깔끔한 성격이 아니라서 구호리궁에서 혼자 생활을 할 때에도 눈에 띄는 지저분한 것만 대충대충 치웠기 때문에 언제나 지저분했었다.

　그런데 새 호리궁은 구호리궁에 비해 두 배 이상 크고 넓어졌으며 갑판의 선실과 중간층, 하창까지 세 개 층으로 이루어졌고, 선실과 수련실을 포함하여 방이 다섯 개나 된다. 더구나 주방과 거실까지 갖추어져 있었다.

그것은 정리하고 치워야 할 공간이 그만큼 더 많아졌다는 뜻이고, 아무도 청소를 하지 않아 예전보다 더욱 지저분하다는 뜻이기도 했다.

남자들은 대부분 원래 치우는 것을 좋아하지 않을뿐더러 청소하는 것을 시간을 허비하는 일이라고 여긴다.

호선은 호리궁의 남자들 세 명보다 더했다. 그녀가 유일하게 하는 일은 자신의 머리를 빗고 묶는 정도였으나 그나마도 서툴러서 제대로 머리를 단장한 적이 한 번도 없어서, 툭 하면 호리에게 빗겨 달라고 요구할 정도였다.

그런 그녀에게 자신의 방을 청소하는 것은 물론 요리나 그 밖의 일을 해주기를 기대하는 것은 무리였다.

세상 대부분의 사람들이 일상적으로 하는 일들을 호선은 제 손으로 한 번도 해보지 않은 사람 같았다.

오죽하면 제 몸 씻고 닦는 것조차 하지 못해서 호리에게 맡기고 있겠는가.

마침내 소소의 청소 실력이 호리궁에서 위력을 발휘했다.

호리 일행은 이리저리 돌아다니면서 호리궁 곳곳을 끊임없이 어지럽히고 지저분하게 만들었지만, 소소는 그들 모두를 그림자처럼 따라다니면서 말끔하게 치웠다.

소소가 청소를 시작한 후부터 호리궁 내부는 깨끗해지다 못해서 광채가 번쩍거렸다.

그녀는 여러 개의 방과 선실뿐만 아니라 하창과 갑판까지 빛이 나도록 쓸고 닦았다.

너무 부지런히 청소만 해서 호리 일행이 미안한 마음에 좀 쉬라고 말해도 소소는 좀처럼 들으려고 하지 않았다.

철이 들기도 전부터 바로 며칠 전까지 죽어라고 일만 해온 그녀가 쉬는 것에는 익숙하지 않으며, 오히려 일을 하고 있을 때에야 심신이 더 편안해한다는 사실을 호리 일행은 사나흘이 지난 후에야 겨우 알 수 있었다.

第三十三章
봉황의(鳳凰依)

一擲賭者
乾坤

무창을 출발한 지 엿새째 날 늦은 오후에 한수의 상류인 번성현(樊城縣)에 당도했다.

무창에서 천이백여 리나 멀리 떨어진 곳이어서 주오와 소소는 어느 정도 마음을 놓았다.

그렇지만 관군이 얼마나 게으르고 무능한지를 잘 알고 있는 호리 등은 사실 무창을 출발하여 백여 리쯤 벗어난 곳부터 추적은 없을 것이라고 판단하고 있었다.

호리는 지난 엿새 동안 줄곧 염두에 두고, 또 은초와 상의를 했던 일이 있어서 번성에 도착하자마자 서둘러서 관가, 즉 현청(縣廳)을 찾아갔다.

은초네 가족이 우여곡절 끝에 노비에서 풀려나긴 했지만 호적(戶籍)이 없는 상태에서는 천하 어느 곳에서도 마음 편히 생활할 수 없기에 그네들에게 새로운 호적을 만들어주려는 것이었다.

새 호적을 만드는 일은 그리 어렵지 않았다. 다만 얼마간의 돈이 들 뿐이었다.

호리는 항주성에 있던 시절에 사람들이 여러 가지 사정으로 인하여 떳떳하게 새 호적을 만들지 못하고, 현청 호적 계통에 근무하고 있는 관리에게 뇌물을 주고 새 호적을 만드는 이른바 관절지폐(關節之弊)의 행위를 많이 봐왔었다.

천하 어느 곳이나 사람들이 사는 곳이라면 살아가는 방식은 별반 다르지 않은 법이다.

항주에서 통하는 관절지폐라면 이곳 번성에서도 통할 것이라는 게 호리의 생각이었다.

호리궁을 번성 포구에 정박시켜 놓은 후 철웅과 은초에게는 배를 단단히 지키라 이르고는, 호리와 호선 두 사람이 하선하여 사람들에게 물어 권성 현청으로 향했다.

본디 천하 어느 곳이든 현청 근처의 주루나 다루는 현청에 볼일이 있거나 청탁을 하려는 사람과 청탁의 다리를 놓아주는, 즉 매롱(賣弄)하는 사람들로 언제나 붐비는 법이다.

번성현은 한수 상류 일대에서 가장 크고 번화한 현이라서 대로에는 많은 인파와 마차, 수레들이 자칫 한눈을 팔다가는 부딪치고 말 정도로 폭주하고 있었다.

호리와 호선이 먼저 찾은 곳은 많은 점포들과 좌판들이 몰려 있는 와시(瓦市)였다. 의전(衣廛)에 들러 호선의 옷을 사려는 것이다.

호리나 철웅, 은초는 값싼 옷이나마 여러 벌 있지만, 호선은 두어 달 전에 항주성에서 산 싸구려 무명옷 한 벌이 전부라서 줄기차게 그것만 입었던 터라 지금은 너덜너덜하고 군데군데 헤어지기까지 한 상태였다.

그녀의 본래 자태가 원래 아름답지 않았다면 영락없는 거지 꼬락서니였다.

호리와 호선은 와시 내에 있는 여러 곳의 의전 중 한곳에 들어갔다.

여자 옷이기는 하지만 싸구려 무명 바지와 상의를 하나씩 사려는 것이므로 굳이 고르고 자시고 할 필요가 없었다.

"목면직(木綿織:무명옷)으로 이 사람이 입을 만한 상, 하의를 녹의와 남의로 각각 두 벌 주시오."

호리가 의전에 들어서면서 호선을 가리키며 요구하자 점원은 듣지 못했는지 턱 떨어진 개처럼 입을 벌린 채 넋을 잃고 호선을 쳐다보았다.

남루하기 짝이 없는 무명옷을 입은 호선이지만 그것이 그녀가 본래 지니고 있는 절색의 미모와 늘씬함을 미처 가리지는 못했다.

흔한 말로, 점원은 지금껏 호선 같은 미녀를 한 번도 본 적이 없었던 것이다.

아니, 비단 점원만이 아니라 그녀를 처음 보는 거의 모든 사람들이 가히 그러할 터이다.

더구나 호선은 사람들의 시선에 부끄러워하거나 얼굴을 붉히는 경우도 없었다.

오히려 오랜 습관인 듯 턱을 치켜세우고 사람들을 눈 아래로 깔아보는 듯한 오만한 표정을 짓고 있는 모습이라서 그것이 한층 더 그녀를 돋보이게 만들었다.

이곳 의전까지 오는 동안에도 대로에서 많은 사람들이 호선의 미모에 정신을 차리지 못하고 작은 소동을 일으켰던 광경을 이미 여러 차례 겪었던 터라 호리는 쓴웃음을 짓다가 가볍게 발을 구르며 호통을 쳤다.

"내 말 못 들었소? 어서 옷을 가져오시오!"

그제야 점원은 펄쩍 놀라서 옷을 가지러 안으로 들어갔다. 그러면서도 연신 호선을 힐끔힐끔 뒤돌아보았다.

호리는 실소를 머금으며 호선이 정말 그 정도로 아름다운가 싶은 마음에 그녀를 쳐다보았다.

그런데 과연 예뻤다.

하지만 그것뿐이지 정신을 차리지 못할 정도는 아니었다.

또한 호리는 호선의 외적인 아름다움보다는 내면에 녹아 있는 지성과 성품에 더 높은 점수를 주고 있었다.

그리고 두 사람 사이에 흐르는 끈끈한 정이야말로 호리가 호선에게서 느끼는 가장 값진 보석 같은 그 무엇이었다.

호리가 처음에 호선을 봤을 때 그녀의 아름다움 때문에 놀라기는 했지만 이 정도까지는 아니었다.

그때 문득, 호리는 호선이 무엇인가에 정신이 팔려 있는 것을 발견했다.

진열되어 있는 한 벌의 옷에 시선이 고정된 호선의 표정은 꿈을 꾸듯이 몽연했다.

"입고 싶어?"

"응."

호리가 묻자 그녀는 기다렸다는 듯이 대답을 하면서도 옷에서 시선을 떼지를 못했다.

호리는 씁쓸한 표정을 지었다. 그는 호선이 마음에 들어 하는 옷을 주로 어떤 여자들이 즐겨 입는지 잘 알고 있었다.

꽃이나 새, 구름 따위가 수놓인 붉은색이 많이 들어간 그런 옷은 주로 노류장화(路柳墻花), 즉 기녀들이 즐겨 입는다.

이것은 질이 낮은 비단과 무명을 섞은 값싼 천에 되도록 울굿불긋하게 화려함에만 치중을 하여 수를 놓은 옷이다.

무릇 손님들이 찾지 않는 기녀들은 예쁘지 않거나 손님들을 즐겁게 만드는 비상한 재주가 없기 때문이다.

그래서 그녀들은 늘 가난하다. 그렇기 때문에 비싸고 좋은 옷을 입고 손님들을 유혹하지 못한다.

그런 그녀들에게 필요한 옷이 바로 지금 호선이 마음에 들어 하는 옷이었다.

상급에 속하는 기녀는 이따위 싸구려 옷은 거들떠보지도 않는다. 그녀들은 최고급 진짜 비단옷을 입고 돈이 많은 손님들과 술을 마신다. 그래서 많은 손님들을 접대하고, 또 많은 돈을 벌게 된다.

울긋불긋하게 싸구려 옷을 입은 기녀는 역시 돈주머니가 가벼운 손님과 독하고 싼 술을 마신다.

또 다른 부익부빈익빈(富益富貧益貧)인 셈이다.

호선이 시선을 떼지 못하는 것은 그 옷에 붉은색의 봉황이 날개를 활짝 펴고 힘차게 날아오르는 모양이 수놓아져 있기 때문이었다.

그 옷이 싸구려인지, 질 낮은 비단과 무명이 섞인 천인지 따위는 그녀에게 중요하지 않았다.

중요한 것은 단 하나뿐. 그 옷에 붉은 봉황이 수놓아져 있다는 사실이었으며, 그것이 그녀의 마음을 강하게 끌어당기고 있었다.

"이것도 주시오."

호리는 무명옷을 갖고 나온 점원에게 봉황이 수놓인 옷을 가리켰다.

"사주는 거야?"

호선은 깜짝 놀라면서 두 손을 가슴 앞에 모으고 뛸 듯한 표정으로 외쳤다.

"응."

"꺄악! 고마워!"

호선은 예쁜 탄성을 터뜨리면서 두 팔로 호리의 목을 감고는 그의 뺨에 자신의 뺨을 비볐다.

점원과 의전에 있던 몇몇 손님들이 그 광경을 우두커니 지켜보았다.

그들의 표정에는 한없는 부러움이라는 공통점이 있었다. 호선 같은 미녀를 저렇게 한 번 안아볼 수만 있다면 싸구려 옷이 아니라 최고급 비단옷 몇 벌이라도 사줄 수 있다는 그런 표정이었다.

호리는 무명옷 두 벌 값으로 엽전 석 냥, 봉황의(鳳凰衣) 값으로 엽전 닷 냥을 지불하면서 호선에게 좀 미안한 생각이 들었다.

그녀의 신분이 무엇이었는지는 모르지만 필경 고귀했을

것이라고 짐작하고 있다.

장원 세 채 이상의 값이 나가는 젖 가리개를 하고 있는 그녀가 아닌가.

그런 그녀가 엽전 닷 냥짜리 싸구려 옷에 기뻐서 어쩔 줄을 모르고 있는 것이다.

번성 현청에서의 일은 예상외로 빨리, 그리고 수월하게 처리할 수 있었다.

당시 관에서는 백성들 중 호적에서 누락된 사람들을 대상으로 삼 년에 한 차례 그들을 모아 단체로 연령과 용모를 조사하여 새로운 호적을 만들어주는 제도가 있었는데 그것을 단모(團貌)라 하고, 때마침 번성 현청에서 시행하고 있는 중이었던 것이다.

호리는 미리 준비해 간 은초 가족 세 사람의 용모가 그려지고 연령이 기입된 전신 세 장을 현청의 호적을 담당하는 관리에게 주면서 은자 삼십 냥을 넌지시 쥐어주었다.

그것으로 은초네 세 사람은 간단하게 새 호적이 만들어지고, 난생처음 일반 양민의 신분임을 나타내는 호패(號牌)를 갖게 되었다.

무창에서의 추노는 그다지 걱정하지 않았다.

호리가 알고 있는 바에 의하면, 지금처럼 뒤숭숭한 시기에 사람 한 명 죽이고 도주하는 노비 가족을 추노한답시고 현청에서 막대한 관군을 동원하지도 않을뿐더러, 추노를 한다고 해도 기껏 백여 리 안팎에서 찾는 시늉만 하다가 그만두는 것이 다반사였던 것이다.

죽은 곽부등이 생전에 쟁쟁한 고관대작과 친분이 두터웠거나 그의 인척 중에 그런 인물이 없는 이상 추노는 그리 걱정하지 않아도 될 터이다.

더구나 은초와 주오, 소소는 완전히 새로운 신분과 이름으로 호적에 등재되어 있으니, 설사 추노가 있더라도 그들을 찾아내는 일은 백사장에서 바늘 하나를 찾는 것이나 다름이 없으리라.

호리궁 중간층 주방의 탁자 주위로 일행이 모두 모였다.

의자가 있었지만 앉아 있는 사람은 호선 한 사람뿐이었다.

그녀는 새로 산 봉황의를 탁자에 올려놓은 채 마음에 드는 듯 계속 만지작거리면서 이리 보고 저리 보느라 다른 것에는 신경조차 쓰지 않았다.

"여기 있습니다."

호리가 대나무로 만들어진 세 개의 호패를 주오에게 공손히 내밀었다.

그러나 주오는 감히 손을 뻗어 받지 못하고 벌써부터 눈물을 흘리기 시작했다.

언제부터일는지 모르는 조상 대대로 노비의 신분이었다가 자신의 대에 이르러 면천을 하고 양민이 되었으니 그 감격이야 어찌 말로 다 할 수 있겠는가.

"이제부터 어머니와 누님, 은초는 양민입니다. 호적의 본적지를 이곳 번성현으로 해두었으니 그리 아십시오."

그렇게 말하면서 호리는 호패 세 개를 주오의 손에 슬며시 쥐어주었다.

주오는 떨리는 손을 들어 호패를 보려고 했으나 걷잡을 수 없이 흐르는 눈물 때문에 뜻을 이루지 못했다.

그러기는 주오 옆에 서 있는 소소도 매한가지였다. 그녀는 모친의 어깨를 붙잡고 소매 끝으로 연신 눈물을 닦느라 정신이 없었다.

"나 참! 이까짓 게 무슨 대단한 거라고 이 난리들이야!"

마침내 은초가 얼굴을 찌푸리면서 호통 아닌 호통을 쳤지만 그 역시 눈물을 흘리기는 마찬가지였다.

다 같은 사람이면서도 노비였기 때문에 받아야 했던 설움과 고통은 이들 세 사람만이 알고 있을 터이다.

우직하지만 심성이 고운 철웅도 곁에서 지켜보며 굵은 눈물을 뚝뚝 흘리고 있었다.

"새로 이름을 지어야 하겠기에 은초의 은 씨 성을 따랐습니다만, 어머니께선 예외입니다."

주오와 소소는 글을 모르는 까막눈이다. 은초는 금보장을 도망쳐 나와 떠도는 삼 년 동안 틈틈이 글을 배워 겨우 까막눈을 면한 정도이다.

"어머니 성함은 연서(燕瑞)라고 지었습니다. 누님은 은소(銀素). 은초는 원래 이름대로 은초라고 올렸습니다."

주오와 소소는 새로 받은 이름 '연서'와 '은소'가 자신의 새로운 운명인 듯 울면서 계속 입속으로 이름을 되뇌었다.

호리는 이들 가족만의 시간이 필요할 것이라 여기고 철웅에게 눈짓을 보낸 후 호선을 데리고 선실로 오르는 계단으로 향했다.

호리가 계단을 중간쯤 올랐을 때 갑자기 주방 쪽에서 와악! 하는 울음소리가 터져 나왔다.

그 속에는 은초의 울음소리도 섞여 있었다. 그리고 그의 울음소리가 가장 컸다.

필경 세 사람이 서로 부둥켜안고 느꺼운 감격의 울음을 터뜨린 것이리라.

계단의 오르는 세 사람의 얼굴에 흐뭇한 미소가 번졌다.

호리는 번성현에서 할 일이 하나 더 있었다.

여태 거슬러 올라왔던 한수는 이곳 번성현에서부터 서서

히 서쪽으로 꺾이면서 호북성 서북단의 드넓은 평야지대를 관통한 후에 섬서성(陝西省) 남단의 산악 지역으로 진입하며 최상류에 이른다.

 호리의 목적지인 낙양은 이곳 번성현에서 북쪽으로 칠백여 리 거리에 위치해 있다.

 그렇기 때문에 이곳에서 한수를 버리고 다른 방도를 선택해야 하는 것이다.

 번성현 일대에는 북쪽에서 흘러내려 한수로 유입되는 작은 강들이 여러 개 있다.

 그러나 호리 일행은 그 강들의 최상류가 어디까지 이어져 있으며, 배로 어디까지 갈 수 있는지, 만약 배로 갈 수 없다면 어떤 경로를 통해서 낙양으로 가야 하는지 자세히 알지 못하는 상황이었다.

 이번에는 호리와 은초 둘이 호리궁을 나서 포구 주변을 돌다가 지리에 정통한 늙은 뱃사람 한 명을 찾아냈다.

 "배가 그리 크지 않다면, 배로 가장 멀리 북상할 수 있는 강은 이관교(李官橋)에서 한수로 흘러드는 절천강(浙川江) 하나뿐일세."

 호리에게 한 잔 술대접을 받은 늙은 뱃사람은 과연 뱃길만이 아니라 육로에도 훤했다.

 "그렇지만 이곳에서 배를 타고 낙양까지 직접 갈 수 있는 방법은 전혀 없네. 여러 강들이 있지만 그것들의 상류와 낙양은 가까운 거리가 백여 리이고, 대부분 이백여 리 이상일세."

"그렇군요."

호리의 표정이 씁쓸하게 변했다.

"가장 가깝고도 빠른 방법이라면, 이곳 번성에서 배로 백하(白河)를 삼백여 리쯤 거슬러 오르다가 남소(南召)에서부터 육로를 이용하는 걸세. 남소에서 낙양까지는 넉넉잡아 사백여 리쯤 될 게야."

호리는 묵묵히 생각에 잠겼다가 잠시 후에 입을 열었다.

"어르신, 수로(水路)만을 이용해서 낙양까지 갈 경우에 이쪽 강의 최상류와 낙양 쪽 강의 최상류가 가장 가까운 곳은 어디입니까?"

"수로만이라……. 왜 수로만을 고집하는 것인가?"

호리는 쑥스러운 미소를 지었다.

"배를 놔두고 가기 싫어서입니다."

그는 할 수만 있다면 호리궁을 낙양까지 가지고 가고 싶었다. 그에게 있어서 호리궁은 숙식을 제공한다는 것 외에 또 다른 깊은 의미가 있었다.

노인은 이해한다는 듯 파도를 닮은 듯한 잔잔한 미소를 지으면서 고개를 끄덕였다.

"그 기분 나도 알 만하군. 나이가 들어서 더 이상 배를 탈

수 없게 되어 배를 떠날 수밖에 없었을 때에는 인생이 끝나는 줄로만 알고 정말 죽고만 싶었지."

노인이 가르쳐 준 방법은 이러했다.

번성현에서 한수를 타고 상류를 거슬러 오르다가 광화현(光化縣)을 지나 팔십여 리쯤 이르는 곳에 위치한 이관교에서 한수를 버리고 절천강으로 접어든다.

다행히 절천강은 대부분 평야지대를 관통한다. 그러므로 강에 암초가 드물고 유속이 느려서 호리궁 정도 크기의 배로 최상류까지 도달할 수 있다.

그곳은 하남성(河南省) 웅이산(熊耳山) 서쪽 자락의 드넓은 구릉으로써, 산세가 가파르지 않고 완만한 산중평원을 이루고 있다는 것이다.

그곳에서 가장 가까운 강은 화산(華山)에서 발원하여 동쪽으로 흐르는 저 유명한 낙수(洛水)로써, 노씨현(盧氏縣)과 금보산(金寶山), 낙녕(洛寧), 선양(宣陽)을 지나 삼백여 리를 더 흐르다가 낙양에서 이수(伊水)와 합강(合江), 동쪽으로 백여 리를 더 흘러가서 중원의 젖줄이며 어머니 강인 황하(黃河)와 합류한다.

절천강 최상류에서 가장 가까운 낙수 중류의 거리는 약 칠, 팔 리에 불과하니, 절천강에 배를 놔두고 낙수로 걸어가서 다시 배를 갈아타고 낙양으로 가라는 것이었다.

그렇게 할 경우, 백하와 남소를 거쳐서 낙양으로 가는 것보다 하루 정도 늦는다고 했다.

잠시 생각하던 호리는 하루 늦더라도 호리궁을 갖고 가는 쪽을 선택했다.

"할 수 있겠어?"

"응."

호리는 진지하게 묻는데 호선은 건성으로 가볍게 고개만 끄덕였다.

"나는 심각하게 묻는 거야."

"그럼 나도 심각해야 돼?"

"그렇지."

호선은 짐짓 심각한 표정을 지으려고 애썼다.

"다시 물어봐."

"정말 험준한 산악지대에서 호리궁을 끌고 칠, 팔 리를 갈 수 있겠어?"

"응."

표정만 조금 심각하게 변했을 뿐이지 호선의 대답은 역시나 같았다.

"호리도 할 수 있어."

"나도?"

호선은 호리의 방 벽에 걸어놓은 봉황의에 정신이 팔려 있으면서도 표정은 심각하려고 애쓰면서 설명했다.

"호리는 이 갑자 공력의 고수야. 그러니 호리궁 정도는 너끈히 끌 수가 있지."

공력을 갖게 된 지 이미 두어 달 가까이 지났지만 호리는 아직도 자신의 능력에 대해서 정확한 계산이나 예측을 하지 못하고 있는 형편이었다.

호선의 말에 호리는 일단 안심했다. 호리 자신이 호리궁을 끌 수 있을 정도라면 호선은 두말할 나위도 없을 터이다.

그는 호리궁을 절천강 최상류에서 낙수 중류까지 칠, 팔 리 거리의 산악지대를 힘으로 끌고 갈 기상천외한 구상을 하고 있는 것이다.

보통 사람들이 들으면 대번에 미친 짓이라고 일축하겠지만, 철웅과 은초는 듣자마자 기발한 방법이라면서 침을 튀기며 호리를 칭찬했다.

그들도 호리를 닮아 괴이한 성격으로 변모해 있었다.

"힘들지 않아요?"
"이까짓 건 아무것도 아니에요."

갑판 바닥에 무릎을 꿇은 채 은소가 열심히 걸레질을 하고 있는 모습을 한동안 굽어보던 철웅이 안쓰럽다는 표정으로 조심스럽게 묻자, 은소는 방그레 미소를 지으며 대답하고는 다시 닦는 일에 열중했다.

"그렇게 열심히 하지 않아도 됩니다. 배가 너무 깨끗하면 오히려 저희가 행동하기가 불편하니까요."

철웅은 은소가 좀 쉬었으면 하는 바람에서 한 말이었는데 그녀의 반응은 반대였다.

"어머? 그럼 제가 여러분에게 폐를 끼친 것인가요? 정말 죄송합니다. 몰랐어요."

은소는 화들짝 놀라더니 일어나서 연신 철웅에게 허리를 굽히며 사과를 했다.

"그, 그게 아닙니다! 오햅니다!"

"오해라뇨?"

은소는 이해하기 어렵다는 표정으로 눈을 깜빡거리면서 철웅을 바라보았다.

"그러니까… 원래는 호리궁이 지저분했었는데… 갑자기 깨끗해진 것이 익숙하지 않아서… 어색하기도 하고… 하여튼 이상해서 생활하는 데에 지장이 많다는……. 아, 아니, 그게 아니라……."

우직한 철웅의 해명은 오히려 은소를 더욱 죄송스럽게 만들기에 충분했다.

"그랬어요? 정말 미안합니다. 저는 그런 줄도 모르고… 거듭 죄송합니다."

은소는 정말 자신이 큰 죄를 지었다는 생각에 연신 허리를 굽혔다.

"하아, 이것 참……."

일이 본의 아니게 오해로 꼬이자 철웅은 비지땀을 흘리면서 어쩔 줄을 몰랐다.

"그만!"

갑자기 철웅은 솥뚜껑처럼 커다란 두 손으로 은소의 가녀린 어깨를 꽉 움켜잡고 그녀가 허리를 굽히는 것을 억지로 멈추게 했다.

"아……. 제가 또 무슨 잘못을……."

지금껏 굴종과 학대만을 받으며 살아온 은소는 철웅이 힘껏 잡은 어깨가 몹시도 아팠다.

그렇지만 그보다 자신이 알지 못하는 사이에 무슨 실수를 한 것이 아닌가 여겨 안색이 해쓱해졌다.

"……."

그러나 철웅은 아무 말도 하지 못했다. 그의 눈은 은소의 잔뜩 겁먹은 얼굴에 못 박힌 채 움직일 줄을 몰랐다.

은소는 정말 흰 얼굴을 가지고 있었다. 오죽하면 옛 이름의 첫 자가 흴 '소(素)'였겠는가?

갸름한 얼굴 윤곽에 얼굴의 절반은 차지하고 있는 것 같은 겁먹은 듯 커다란 두 눈.

그러나 그런 눈하고는 반대로 지나치게 작고 귀여운 입술을 지니고 있었다.

전체적인 모습은 미인에 못 미치지만, 하나하나 뜯어보면 몹시 예쁘고 귀여웠다.

철웅은 마치 정수리에 번개를 한 방 된통 맞은 것 같은 기분이었다.

은소를 이처럼 가까이에서 본 것이 처음이고, 또 그녀가 이렇게 예쁘다는 사실도 처음 알게 됐다.

하지만 그런 것으로는 설명할 수 없는 그 무엇인가가 번개를 맞은 정수리에서부터 몸 한가운데를 관통했다.

'정말… 예쁘다……'

그의 안목으로는 아무리 뜯어봐도 은소가 호선보다 천 배 정도는 더 예쁜 것 같았다.

그러나 은소는 철웅하고는 반대의 심정이었다. 그의 열뜬 표정이 흡사 사천왕처럼 보여서 원래 흰 얼굴이 더욱 해쓱하게 질려 입도 벙끗하지 못한 채 공포에 질려 있었다.

딱!

"임마! 너 뭐 하고 있는 거야?"

그때 불쑥 나타난 은초가 주먹으로 철웅의 머리를 호되게 갈기며 버럭 소리를 질렀다.

보통 사람 같으면 머리를 감싸 쥐면서 나가떨어졌겠지만 철웅은 끄떡도 하지 않았다.

다만 멍했던 정신이 돌아온 정도였다.

"은초야, 너희 누나 정말 예쁘다……."

그런데 정신이 전부는 아니고 약간만 돌아온 것 같았다.

철썩!

"이 자식이? 꿈 깨 임마!"

은초가 이번에는 철웅의 뺨을 힘껏 후려갈겼다.

철웅의 뺨이 금세 벌겋게 부어올랐고, 그제야 그는 나갔던 정신이 다 돌아왔다.

"어? 은초 왔구나."

방금 은초에게 말해놓고서도 그를 처음 본 것처럼 말하는 철웅이었다.

"그 손 못 놔?"

은초가 또 때릴 기세로 눈을 부라리며 은소의 어깨를 움켜잡고 있는 철웅의 손을 가리키자 그는 크게 놀라서 두 손을 놓으며 화닥닥 물러섰다.

"으왓! 내, 내가 무슨 짓을!"

이번에는 철웅이 은소에게 연신 허리를 굽혔다.

"용서하십시오, 누님. 죽을죄를 졌습니다."

은초가 냉랭한 얼굴로 을러댔다.

"너, 누나에게 흑심 품으면 뼈도 못 추릴 줄 알아?"

"흑, 흑심이라니 무슨……."

"우리 누나가 예쁘다면서?"

"내, 내가 언제……."

"이 자식! 방금 그랬잖아! 하여튼 한 번만 더 누나 곁에서 얼쩡거리다가 내 눈에 띄는 날이면 명년 오늘이 네놈 제삿날인 줄 알아라!"

"아, 알았어. 다신 안 그럴게."

철웅은 얼굴이 시뻘개져서 머리를 긁적였다.

"초야, 그럼 못써."

그때 은소가 은초를 가볍게 꾸짖었다.

"듣기론 이분이 너보다 두 살이나 많다면서?"

"그게 왜?"

은초는 그게 어떠냐는 듯 턱을 치켜들었다.

"네 형뻘이잖아. 그러니까 앞으로는 절대 이분에게 함부로 굴면 안 돼."

"별 걸 다… 괜찮아. 철웅이 얘는 좀 덜떨어져서 그런 거 신경 안 써."

은초는 철웅의 어깨를 툭툭 치면서 시건방진 표정을 지었다.

"안 그래?"

철웅은 정말 덜떨어진 사람처럼 헤벌쭉 웃었다.

"헤헤, 은초 말이 맞습니다. 저는 괜찮습니다, 누님."

"괜찮지 않아요."

그러나 은소는 딱 부러지게 말했다. 그녀는 철웅을 똑바로 보면서 진지한 얼굴로 말을 이었다.

"당신의 성품이 누구보다도 착하고 순수한 것이지 절대 바보가 아니에요."

그녀는 엄한 얼굴로 은초를 나무랐다.

"너도 알잖아. 한낱 노비들끼리도 자기보다 나이 많은 사람에게는 함부로 대하지 않는다는 것을. 그런 짓은 짐승들이나 하는 짓이야."

은초와 철웅은 눈을 끔뻑거리면서 은소만 쳐다볼 뿐 대꾸를 하지 못했다.

은소는 딱 부러지게 마지막 못을 박았다.

"초야, 앞으로 이분에게 함부로 대하는 것을 누나가 목격했을 때에는 혼날 줄 알아."

은초는 눈물만 많고 순하기만 한 누나에게 이런 면이 있을 줄은 모르고 있었기에 놀란 얼굴로 은소를 쳐다보았다.

"약속해. 절대 그러지 않겠다고."

"누나……."

"어서!"

"아, 알았어."

"이름이 철웅이라고 했죠?"

은소의 시선이 자신에게 이르자 철웅은 온몸이 뻣뻣해져서 즉시 대답했다.

"네… 넷!"

"또다시 초가 버릇없이 굴면 저에게 이르세요. 알았죠?"

"……."

"대답하세요."

"아, 알았습니다! 누님!"

"우린 스무 살 같은 나이니까 누나가 아니에요. 앞으로는 '은소'라고 이름을 부르세요."

"그렇지만……."

"저도 당신을 '웅'이라고 부르겠어요."

은초는 은소의 이마와 목에 핏대가 불끈불끈 곤두서 있는 것과 이마에 송알송알 땀이 맺혀 있는 것을 발견했다.

그래서 그녀가 지금 제 딴에는 최대한 용기를 내고 있다는 사실을 알게 됐다.

억눌리고 짓밟히기만 했던 누나 은소가 양민으로서의 첫 용기를 내고 있는 것이었다.

"그렇게 해요, 철웅 형."

"은초야……."

느닷없는 은초의 변화에 철웅은 어리벙벙해서 퉁방울 같은 눈을 껌뻑거렸다.

은초는 은소를 보며 싹싹한 표정과 어조로 맹세했다.

"만약 내가 철웅 형에게 또 버릇없이 굴다가 걸리면, 누나에게 맞아죽기 전에 내 스스로 강물에 뛰어들겠어."

그렇게 말한 은초는 어리둥절한 표정의 철웅과 은소를 남겨두고 선실 쪽으로 휘적휘적 걸어갔다.

그는 선실로 들어가기 전에 힐끗 두 사람을 돌아보았다.

은소는 언제 두 남자를 꾸짖고 타일렀냐는 듯이 얼굴을 붉힌 채 고개를 푹 숙이고 있었다.

철웅 역시 꿀 먹은 벙어리에 재주 부리다가 실수한 곰처럼 멀뚱거리고 있었다.

이제 와서 은초가 새삼 생각해 보니 누나 은소는 한 번도 남자를 사귄 적이 없었다.

비천한 노비 신분인데다 너무 수줍음을 많이 타서 그런 주변머리도 없었다.

모르긴 해도 은초가 떠나 있었던 삼 년 동안에도 내내 그랬을 것이다.

하긴, 노비주제에 남자는 무슨 얼어 죽을…….

그 주루는 어느 누가 봐도 단번에 시선을 사로잡을 만큼 근사했다.

아니, 주루가 근사한 것이 아니라 주루가 세워져 있는 장소의 풍광이 수려하기 그지없었다.

호리 일행은 호리궁에서 내릴 생각도 하지 않은 채 난간 가에 서서 저 멀리에 있는 주루를 바라보면서 한동안 넋을 빼고 있었다.

그곳은 한수와 절천강이 합류하면서 자연적으로 만들어낸 삼십여 리가량의 긴 호수 가장 안쪽이었다.

그 호수의 입구는 호북성이지만 안쪽은 하남성에 속했다.

꿈꾸듯 아름다운 포구 이관교의 왼쪽 절벽 위에 우뚝 세워져 있는 이층짜리 주루는 마치 이 호수를 지키는 침묵의 수호신처럼 보였다.

절벽은 호수 왼편에 웅장하게 솟아 있는 네 개의 봉우리, 즉 사봉산(四峰山)의 끝자락이라고 할 수 있었다. 그 절벽을 경계로 오른쪽에는 이관교의 포구와 그 너머에 드넓은 대평원이 펼쳐져 있었다.

번성현을 출발한 지 이틀 반나절 만에 호리궁은 이곳 이관교에 당도할 수 있었다.

호리는 은초를 쳐다보았다. 때마침 은초도 호리를 쳐다보다가 두 사람의 시선이 마주쳤다.

호리의 눈빛이 '어때?' 라고 묻자, 은초의 표정이 '최고야!'

라고 대답했다.

우연치고는 기이했다.

절벽 위 주루의 이름이 '선우각(仙友閣)'이었던 것이다.

은초는 장차 주루를 개업하게 되면 자신과 호리, 철웅 세 친구의 우정이라는 뜻의 '삼우(三友)'라는 이름을 짓겠다고 입버릇처럼 말했었다.

그런데 이 주루의 이름에 벗 '우' 자가 들어가 있다니, 우연치고는 신기한 일이었다.

하지만 신기한 일은 거기에서 그치지 않았다. 주루의 주인은 팔십여 세의 백발노인이었으며, 그의 설명에 의하면 오십여 년 전에 처음 주루를 시작한 것은 세 명의 친구들이었다는 것이다.

이십 년 전, 그리고 십 년 전에 친구 두 명이 차례로 죽은 후, 노인 혼자 어렵게 주루를 꾸려오던 중에, 그나마도 일 년 전부터는 기력이 쇠잔해진 탓에 주루 일이 너무 힘에 부쳐서 결국 문을 닫은 채 자리보존하고 누워 혼자 끼니를 끓여먹는 것조차 힘에 겨워하며 죽을 날만 기다리고 있는 중이라는 것이었다.

호리가 주루 이층의 호수가 내려다보이는 방 침상에 누워 있는 깡마른 노인에게 주루를 팔지 않겠느냐고 묻자 주오, 아니, 연서가 황급히 손을 내저었다.

"아닙니다. 앞으로는 저희 모녀가 어르신을 친아버님. 할아버님처럼 모시고 싶습니다."

그 말이, 노인을 정성껏 모시다가 그가 죽은 후에 이 주루를 물려받아서 운영하고 싶다는 뜻이라는 것을 알아듣지 못한 사람은 철웅 혼자뿐이었다.

노인의 쭈글쭈글한 노안에 벙긋벙긋한 웃음이 떠올랐다.

결론적으로 말하자면, 주오와 은소 모녀는 이관교 포구에 일 년 동안 문을 닫고 있었던 절벽 위의 주루를 노인 대신 맡아서 운영하기로 했다.

그러나 은초의 평소 뜻대로 주루 이름을 '삼우', 아니, 호선까지 포함하여 '사우'라고 고치지는 못했다.

주루는 일 년 동안 돌보지 않아서 곳곳에 거미줄투성이였고, 지붕이나 벽에 구멍이 뚫리거나 뜯겨진 곳이 여러 군데였다. 하지만 호리와 은초, 철웅이 팔을 걷어붙이고 나서서 수리하고 깔끔하게 새 칠을 하자 반나절 만에 새로운 주루로 거듭났다.

그사이에 연서와 은소는 포구로 내려가서 마음에 드는 점소이 두 명을 데리고 왔다.

그날 밤 호리 일행은 노인을 부축하여 상석에 앉히고, 새로운 점소이 두 명과 함께 조촐한 만찬을 열었다.

노인과 두 명의 점소이는 연서가 정성껏 마련한 요리를 먹어보더니 연신 엄지손가락을 치켜세우면서 최고를 연발하며 칭찬과 감탄을 거듭했다.

이상한 일이었다.

만찬이 끝나갈 무렵, 노인이 주루 이층에 빈 방이 많다면서 각자 나누어 자라고 권했는데도 호리와 호선, 철웅, 은초 네 사람은 너무도 당연하다는 듯이 주루를 나와서 밤이슬을 맞으며 호리궁으로 돌아왔다.

그들에게 호리궁은 무엇과도 비교할 수 없는 안식처였다.

다친 육신뿐 아니라 메마르고 피곤한 영혼까지도 호리궁에서는 말끔하게 치유가 된다.

그렇지만 일각 후에 철웅이 호리궁을 몰래 빠져나가는 것을 눈치 채지 못한 사람은 아무도 없었다.

차라리 잠이 오지 않아서 산책이나 나가려는 것처럼 떳떳하게 행동했으면 이상하게 생각하지나 않았을 것이다.

그 큰 덩치에 고양이처럼 까치발을 들고 살금살금 나가자 나무로 만든 바닥은 제대로 걸을 때보다 더 삐거거렸고, 놀란 철웅이 더욱 조심한답시고 한층 뾰족한 까치발을 만들자 나무 바닥은 아예 미친 듯이 비명을 질러댔다.

그렇게 나간 철웅은 자정이 조금 넘어서야 또다시 나무 바닥이 비명을 지르게 만들면서 호리궁 제 방으로 돌아왔다.
 그러나 철웅이 은소를 만나고 왔을 것이라고 추측하는 사람은 은초뿐이었다.

『일척도건곤』 4권에 계속…

Book Publishing CHUNGEORAM

THE Warrio
Gale of Wir

광풍의 전사

태백산 퓨전 판타지 소설
FUSION FANTASTIC STORY

나, 헤럴드 르 쥬신은 조상님 앞에 고합니다!

"피가 강을 이루고 시체가 산을 쌓아도 후회하지 않겠습니다.
쥬신의 가문을 건드린 것을 땅을 치고 통곡하도록, 그들의 아내들이 치욕과
고통 속에 헤매도록, 그들의 자식들이 대를 두고 노예의 피를 저주하도록,
천 배, 만 배 복수할 것입니다."

대륙력 12,000년, 아이리스 왕국은 니힐리스 제국의 침략으로 멸망하고
검은 머리 쥬신 공작 가문은 몰살했다.

그러나 단 하나 죽지 않은 자가 있었으니…

훗날 니힐리스 제국을 피와 죽음으로 몰아넣을, 조상의 무공을 넘겨받은
어린 복수자가 어둠 속에서 복수의 검을 벼리며 자라나고 있었다.

 유행이 아닌 자유추구 -
WWW.chungeoram.com

Book Publishing CHUNGEORAM

천사혈성

장담 新무협 판타지 소설
FANTASTIC ORIENTAL HEROES

천왕 제일율(天王 第一律)!
강(强)한 자가 법(法)이다!

하늘을 죽일 운명을 타고난 자,
그가 천왕의 율법을 집행하기 위해 지옥에서 나왔다.

하늘이 죽으니 핏빛 별이 뜬다!

『고영』, 『진조여휘』, 『마법서생』 계속되는 작가 장담의
대작 행진.
이제는 『천사혈성(天死血星)』이다!

유행이 아닌 자유추구 -
WWW.chungeoram.com

Book Publishing CHUNGEORAM

BOOK Publishing CHUNGEORAM

fly me to the moon
플라이 미 투 더 문

새로운 느낌의 로맨스가 다가온다!

판타지의 대가 이수영 작가의 신작!
드디어 판매 카운트다운!

플라이 미 투 더 문 | 이수영 지음

**판타지의 대가, 이수영. 그녀가 선보이는 첫 번째 사랑이야기.
사랑, 질투, 음모, 욕망……
상상한 것 이상의 절애(切愛), 그 잔혹한 사랑이 시작된다.**

온전히, 그의 손에 떨어진 꽃. 잡았다.
짐승의 왕은 즐거웠다.

인간, 그리고 인간이 아닌 자.
절대로 이어질 수 없는 두 운명이 만났다!
사랑 혹은 숙명.
너일 수밖에 없는 愛.

1998년 〈귀환병 이야기〉
2000년 〈암흑 제국의 패리어드〉
2002년 〈쿠베린〉
2005년 〈사나운 새벽〉

그리고 2007년,
『FLY ME TO THE MOON』

유행이 아닌 자유추구 -
WWW.chungeoram.com
BOOK Publishing CHUNGEORAM

BOOK Publishing CHUNGEORAM

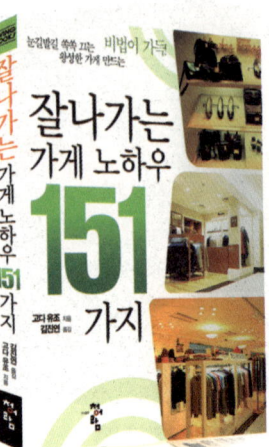

눈길발길 쏙쏙 끄는 **비법이 가득!**
왕성한 가게 만드는

잘나가는
가게 노하우
151가지

고다 유조 지음
김진연 옮김
가격 9,800원

물건이 팔리지않는시대!
왕성한가게만드는비법이가득!

가게 안에 웅덩이를 만들어라
조명만 조금 바꿔도 매출이 팍 늘어난다
보기 쉽고, 집기 쉬운 가게 배치는 '경기장 형' 이 최고 등등
가게에 실제로 적용했을 때 매출이 오른 노하우만 알차게 수록
외관, 입구, 배치, 내장, 조명, 디스플레이에서 사원교육까지

도움이 되는 '발견' 이 가득가득.
당신 가게를 회생시키기 위한 소중한 책!

유행이 아닌 자유추구 -
WWW.chungeoram.com

BOOK Publishing CHUNGEORAM

입소문을 통해 아는 분은 다 알고 계십니다!
올 한해 공인중개사 최고의 화제작!

1~2권 합본 | 이용훈 지음
3~4권 합본 | 이용훈 지음
5~6권 합본 | 이용훈 지음
용어해설 | 이용훈 지음

수험생 기본 필독서
만화 공인중개사

제목 : 만화공인중개사 쓰신 분에게 감사드립니다.

학원을 두 달 다녔어요. 근데 과연 그 숫자 외우기 그런 게 몇 문제나 나올까 생각을 했어요.
아니라는 생각이 드네요. 학원강의를 뒤로하고 서점을 갔어요. 내 머리에 가장 이해될 수 있는
책이 없나 하구요. 거기서 만화를 발견했어요. 무조건 세 번 봤어요. 3개월 걸렸어요. 문제집을 보라고
했는데 그건 시행을 못 했어요. 근데 합격을 했네요.
어떻게 감사의 말을 해야 될지…….
도서관에서 만화책 들고 다니니까 사람들이 비웃더라구요. 만화책으로 공인중개사를 공부한다고
미친 사람처럼 보더라구요. 근데 그거 다 감수하고 했던 내가 자랑스럽습니다.
어떻게 감사의 말을 해야 할지… 정말 감사합니다.
부디 행복하세요. 제 나이 41살에 좋은 스승을 만난 것 같습니다.
엎드려 감사드립니다.

－본사 홈페이지에 독자분이 올린 메일 中에서 발췌－

세상을 보는 또 하나의 창!
열린세상, 열린지식
INTB 인더북
www.INTHEBOOK.net

당당하게 글을 쓰는 사람, 멋있게 포장하는 사람,
감동적으로 읽어주는 사람이 있다면
언제든 어디든 인더북이 함께 하겠습니다.

2008년 봄 그들이 온다!!

권왕무적의 초우, 궁귀검신의 조돈형, 삼류무사의 김석진, 태극검해의 한성수, 프라우슈 폰 진의 김광수, 흑사자의 김운영, 송백의 백준 등

총 20여 명에 이르는 호화군단의 인더북 이북 연재 확정!!
그 외에도 많은 정상급 작가들의 이북 연재 런칭 예정!!

포도밭 그 사나이, 새빨간 여우 등의 로맨스 정상급 작가 김랑의 작품을 이북 연재로 만나다!!

오직 인더북에서만 독점 연재!!

아쉬움을 남기고 1부에서 막을 내린 **권왕무적 시리즈의 2부** 등 인기 작가들의 수준 높은 미공개 작품들이 시중에 책으로 출간되지 않고, 오직 인더북에서만 연재됩니다.

COMING SOON! INTHEBOOK.NET

1. 인더북의 이북 유료연재는 2008년 1월 말 ~ 2월 중순경 오픈
2. 인더북에 연재되는 작품들은 시중에 출판되지 않은 작품들로 엄선

**이북 유료연재의 새로운 도전! 그리고 새로운 시작! 인더북!!
곧 새로운 모습의 이북 연재 사이트로 여러분께 다가가겠습니다.**